Léo Malet
Brüll das Leben an

Frühe Texte und Gedichte

Herausgegeben,
übersetzt und eingeleitet
von Ruth Jakoby

Elster Verlag

Satz und Herstellung:
Reinhard Amann, Leutkirch

Druck und Bindung:
Kösel, Kempten

Einbandgestaltung:
Lore Roth, Leutkirch

ISBN 3-89151-029-2

Inhaltsverzeichnis

*„Niemand ist so konservativ
wie ein ehemaliger Revolutionär.“*

Léo Malet am 16. 4. 1986

Vorwort

Heute, im Alter von 77 Jahren, ist Léo Malet dem französischen Lesepublikum kein Unbekannter mehr. Seine Werke werden übersetzt, in Deutschland lernt man ihn mehr und mehr kennen. Ruhm und ein bescheidener materieller Wohlstand, nach dem er sich während seines an Entbehrungen reichen Lebens gelegentlich sehnte, stellen sich spät ein. Zu spät, als daß er ihn mit seiner 1981 verstorbenen Frau Paulette hätte teilen können. Seine Werke werden jetzt in opulenter Ausstattung neuaufgelegt, Malet ist ein vom Fernsehen gesuchter Interviewpartner.

Populär ist Malet als Erfinder des Privatdetektivs Nestor Burma. Den Lyriker und Surrealisten Malet gilt es auch in Frankreich noch zu entdecken.

Eigentlich prädestinierte den in Montpellier geborenen und früh verwaisten Léon Malet (die Anarchisten vom Montmartre tauften ihn später „Léo") nichts zu einer literarischen Karriere. Sein Vater war Bankangestellter, die Mutter Näherin. Eine der Großmütter konnte weder lesen noch schreiben. Malet wuchs in der Obhut seines Großvaters väterlicherseits auf. Er war Küfer, verschlang die Romane von Dumas und begeisterte sich überdies für Jean Jaurès. Der Großvater weckte Malets Interesse an sozialen Fragen. Er nahm sich liebevoll und gewissenhaft der Erziehung seines Enkels an. Als Léon in die Schule kam, konnte er lesen und schreiben. Mit neun Jahren verfaßte er seinen ersten Roman: „Le trésor des Mormont" – Der Schatz der Mormonts –, den er selbst mit kindlich bunten Zeichnungen illustrierte. Nichts fehlt: Das Bändchen ist mit einem Faden geheftet, Autor und Verlag werden angegeben, die Reihe trägt den schönen Namen: „Collection Idéale". Das spricht für das Selbstbewußtsein des jungen Künstlers.

Diesen Schatz kramt Malet erst aus der Tiefe seiner Papierstapel hervor, nachdem er den Besucher eine Weile geprüft hat. Er empfängt mit der eleganten und unendlich ermüdenden Höflichkeit der Pariser, von der er sich jedoch häufig mit markigen Flüchen und Kraftausdrücken befreit. Kommt dann die meridionale Scholle durch? Es ist wohl eher der über zahlreiche und differenzierte Register verfügende Nonkonformist, der er trotz – oder wegen – aller politischen Enttäuschungen geblieben ist.

Die Lektürelust des Großvaters hatte auf den Knaben abgefärbt. Und dann war da noch dieser Onkel, den Malet in einem Interview schelmisch in seine künstlerische Genealogie miteinbezieht: „Väterlicherseits gab es da eine Person, die wir den ‚Onkel Diamant' nannten, den ich nicht gekannt habe, weil er lange Zeit vor meiner Geburt gestorben war. Ich glaube, das war jemand, der abends ... ja, das war eine

Seinen ersten Roman schrieb Malet mit neun Jahren. Das Bändchen hat er illustriert und mit folgendem Titel versehen: ***Der Schatz der Mormonts.***

ziemlich originelle Persönlichkeit. Er vergnügte sich damit, abends um den Friedhof Saint-Bauzille-de-Putois zu streichen, mit einem Bettuch über den Schultern... vielleicht kommt sie von ihm, meine Berufung zum Dichter."[1]

Mit 16 Jahren trat Malet eine Stelle als Bankangestellter in Montpellier an, und er wäre ein grauer Schaltermensch wie viele andere gewesen, wenn sich da nicht dieser unwiderstehliche Hang zu den Ideen der Pariser Anarchisten bemerkbar gemacht hätte. Das kostete die Stelle in der Bank.

Nach dem Rauswurf hatte Malet nur noch ein Ziel: Paris. Er wollte sich als Sänger am Montmartre niederlassen. Dort gab es Ende der zwanziger Jahre eine ganze Kolonie anarchistischer Barden. Man trug lange Haare, große Hüte, rauchte Pfeifen mit langen Hälsen, plante auch schon mal einen Anschlag, fiel auf und sang Selbstgedichtetes. Betuchtere Herren beschäftigten auch sogenannte Neger, d.h. sie ließen sich die Texte von unbekannten Schreiberlingen verfassen. So fing auch Malet an, nachdem er, die Warnungen seines Großvaters in den Wind schlagend, schwarz mit dem Zug von Montpellier nach Paris gefahren war. Das war damals eine Weltreise.

Am Montmartre wurde seinerzeit kräftig politische Agitation betrieben, es gab Konfrontationen mit der Polizei und ein prominentes Opfer: Philippe Daudet, der Sohn von Léon Daudet, welcher sich in

[1] Léo Malet im Gespräch mit Yves Martin. In: Léo Malet: *Poèmes surréalistes*, Lausanne 1975, Eibel-Verlag, S. 4

der ultrarechten „Action française“ exponierte. Philippe Daudet starb unter nie geklärten Umständen.

Malet sang am Montmartre. Einmal ging er in der Provinz auf Tournee und schließlich gründete er im Quartier Latin ein eigenes Cabaret: „Der gehenkte Dichter“ (Slogan: „Den Schwachköpfen die Zunge rausstrecken“). Innerhalb von kürzester Zeit mußte der „Poète pendu“ wieder schließen, das Publikum wollte sich nicht so recht einstellen.

Die Singerei hatte jedoch ein Gutes: Malet lernte Paulette Doucet auf diese Weise kennen. Die kam mit einer Freundin und stritt mit ihm wegen seiner Lieder. Er fand ihren starken Pariser Akzent charmant. Kurze Zeit später zog er in ihr kleines Hotelzimmer. Wer konnte sich schon eine Wohnung leisten?

Das war im Jahre 1928. Den Trauschein ließen sich die beiden erst 1940 ausstellen, wegen des Krieges. Malet erzählt unter welchen Umständen:

„1939, im Krieg, hatte ich eine Vorahnung, derzufolge meine politische Aktivität nicht nach jedermanns Geschmack war, und deshalb sagte ich mir: Wenn ich ins Gefängnis gesteckt werde, kann mich meine (legitime) Frau besuchen. Aber ich muß standesamtlich verheiratet sein. Aus diesem Grunde haben wir geheiratet. Wir hatten zwei bemerkenswerte Trauzeugen. Meiner war Oscar Dominguez, und der von Paulette: Jacques Prévert. Wir haben also geheiratet, und ich kam, wie ich vorausgesehen hatte, ins Gefängnis."[2]

Das Jahr 1940 beendet eine Periode in Malets künstlerischer Entwicklung, die für ihn prägend war: seine Zugehörigkeit zur Gruppe der Surrealisten.

Malet hat gelegentlich erzählt, wie er zu Breton stieß.[3] Man rechnet ihn zur zweiten Generation der Surrealisten, denn in der Gruppe hatten interne Spannungen bereits zum Ausschluß bzw. Austritt einer Reihe von Mitgliedern geführt.[4]

Das dichterische Werk Malets ist nicht besonders umfangreich. Es umfaßt, neben einer Reihe von Gedichten, die nach den unterschiedlichsten surrealistischen Techniken verfaßt worden sind, Kurzprosa („Pariser Landschaft", „Tulamor" etc.) und Prosagedichte („... Brüll das Leben an").

Die Phase intensiven Schaffens erstreckt sich von 1930 bis etwa 1943.

Malet benützt die gängigen surrealistischen Verfah-

[2] Auszug aus „Entretiens Lebrun-Malet", in: *Léo Malet. Enigmatika No. 18*, Paris 1982, Verlag La Butte-aux-Cailles, S. 187f. Malet wurde zu Kriegsbeginn zunächst von den Franzosen und dann von den Deutschen verhaftet, die ihn ins Reich deportierten. Dort verbrachte er 10 Monate in einem Stammlager.

[3] Vgl. weiter unten Teil I. 7: „Bei den Surrealisten".

[4] Philippe Soupault, der Mitverfasser der *Magnetischen Felder* (1920) und Gefährte Bretons der ersten Stunde, zählt nicht mehr zum Kreis. Im *Zweiten Manifest* (1930) geht Breton sehr hart mit den Abtrünnigen und Ausgestoßenen um. Vgl. André Breton: *Die Manifeste des Surrealismus*. (Deutsch v. Ruth Henry) Hamburg 1968, S. 64.

ren: „Cadavre exquis“, d.h. ein von mehreren Personen veranstaltetes Zettelspiel („Verhör“), Collagen („Nachrichten“), die Wiedergabe von Träumen („Traumerzählung“) sowie diverse Verfremdungstechniken.

Es gilt jeweils, die Kontrolle des Bewußtseins beim Akt des Schreibens so weit wie möglich auszuschalten. Dennoch kann man einen hohen Grad an innerer Kohärenz und Komposition der Texte nicht von der Hand weisen.

Der typische humorvolle Unterton surrealistischer Werke ist häufiger anzutreffen („Nicht über die Spitze seines Gliedes hinaussehen“), obwohl die Grundstimmung der Gedichte dunkel ist. Das Leben wird als problematisch und schwierig empfunden, der Mensch wird meist als Verlierer gesehen, die nächste Katastrophe ist Gewißheit.

Charakteristisch ist für Malet, daß er nicht bei dieser apokalyptischen Evokation stehenbleibt, vielmehr setzt er ihr die reinigende Kraft der Liebe entgegen: „Die Liebe, bei Androhung von Lebensstrafe.“ Die tiefe Humanität dieser Haltung macht, neben stilistischer Brillanz, die Schönheit seiner Lyrik aus.

Die Liebe hat in den Gedichten Malets keineswegs nur diese ethische Dimension, sondern auch eine ausgeprägt erotische, wie sie für den Surrealismus überhaupt typisch ist. Die Sexualität wird häufig und in immer wieder variierter Weise thematisiert.

Mitunter ist eine gewisse Faszination des Verbrechens spürbar, die in den Kriminalromanen natürlich verstärkt zum Ausdruck kommt. Sie erklärt sich aus der Interpretation des Verbrechens als Revolte gegen die „condition humaine“. Breton hatte im *Zweiten Manifest* erklärt: „Die einfachste surrealistische Handlung besteht darin, mit Revolvern in den Fäusten auf die Straße zu gehen und blindlings so viel wie möglich in die Menge zu schießen.“[5]

Der Krieg setzt den surrealistischen Aktivitäten ein Ende. Breton und andere gehen ins Exil in die USA. Dalí schenkt Malet vor dem Aufbruch einen Tisch, der noch heute in seinem „Nichtarbeitszimmer“ steht. Ein imposantes und massives Stück.

Malet wird verhaftet. Als er nach relativ kurzer Gefangenschaft nach Paris zurückkommt, stellt sich ihm ein altvertrautes Problem: Woher das zum Leben nötige Geld bekommen?

Auf Umwegen gelangt er zum Kriminalroman und hebt schließlich Nestor Burma aus der Taufe.

Malet ist als Autor äußerst erfolgreich. Er kommt beim Lesepublikum gut an, was aber nicht bedeutet, daß er seine notorischen Geldsorgen los wäre. 1948 erhält er den „Grand prix du club des détectives“ und 1949 einen weiteren Preis, den „Prix du roman policier“. In der Jury saß Simone Signoret.

Léo Malet hat selbst dargelegt, daß er als Romanautor keine Lyrik mehr verfassen konnte.[6] Seiner eigenen Beobachtung zufolge ging die schöpferische Energie nun ganz in die Prosa ein.

[5] *Die Manifeste des Surrealismus*, a.a.O., S. 56.

[6] Vgl. weiter unten, I.9., „Léo Malet spricht über seine Lyrik“.

Ganz zutreffend ist das nicht, denn er hat auch später noch, nach langer Pause, Gedichte verfaßt (1983).

Interessant an dieser Äußerung ist aber, daß für den Autor ein Zusammenhang zwischen der Lyrik und den Kriminalromanen zu bestehen scheint. Schaut man sich diese genauer an, so enthalten sie in der Tat manch ein surrealistisches Augenzwinkern: Dichter und Maler dieser Bewegung werden erwähnt, es gibt Anspielungen auf surrealistische Filme (Buñuels „Chien Andalou", „Nosferatu") und Orte (das Café Flore, die Salpétrière). Malet hat sich für jeden Roman ein anderes Arrondissement erwandert, was an die von Breton in *Nadja* geschilderten Streifzüge durch Paris erinnert. Eine literarische surrealistische Technik auf Schusters Rappen, wenn man so will.

Was den Frauentyp der Burma-Serie angeht, so entspricht er zum einen natürlich den allzu verführerischen und allzeit bereiten Damen der Kriminalromanwelt, aber gelegentlich läßt sich auch die surrealistische Kindfrau erahnen. Und dann all diese schwarzen Seidenstrümpfe, Strumpfhalter und sonstigen Accessoires!

Der Surrealismus hat den Roman als literarische Form verdammt. Breton schreibt im *Ersten Manifest*: „(Die realistische Haltung) ist mir ein Greuel, denn sie ist aus Mittelmäßigkeit gemacht, aus Haß und platter Selbstgefälligkeit. (...) Noch im Wirken der besten Köpfe macht sie sich bemerkbar, das Gesetz der geringsten Anstrengung drängt sich in ihnen am Ende auf wie alle anderen auch. Eine belustigende

Folge dieses Tatbestandes ist in der Literatur zum Beispiel die Überfülle von Romanen."[7]

Der Romanautor Malet brach von sich aus die Brücken zu den Surrealisten ab. Er hielt es für ein Gebot der Aufrichtigkeit. Ein Surrealist schreibt keine Romane. Malet war immer sehr konsequent.

Dennoch blieben gewisse freundschaftliche Kontakte bestehen, wie z. B. zu Jacques Prévert und René Magritte, der die Gedichte wie Romane Malets sehr schätzte, gerne las – und illustrierte (siehe die Zeichnungen Magrittes zu „Lacenaires Bruder" in diesem Band).

Der vorliegende Band mit ausgewählten Gedichten Malets und teils biographischen, teils auf sein Werk bezogenen Dokumenten möchte einen möglichst getreuen Eindruck des dichterischen Schaffens selbst sowie seiner Entstehungsumstände vermitteln.

Léo Malet verdient es, nicht nur mit seinen Kriminalromanen, sondern auch mit seinen Gedichten, die vorwiegend in die erste Schaffensperiode seiner schriftstellerischen Karriere fallen, dem deutschsprachigen Publikum vorgestellt zu werden.

Die in Teil I auszugweise wiedergegebenen Interviews wurden von Julien Moret und Luc Geslin geführt. Sie erschienen in:
Les cahiers du silence: *Léo Malet*, hg. v. Daniel Mallerin, o.O. La Marge – Kesselring Verlag 1974.
Zahlreiche Illustrationen wurden diesem Band wie

[7] *Die Manifeste des Surrealismus*, a.a.O., S. 13.

auch *Enigmatika No. 18: Léo Malet*, hg. v. Jean-Claude Muet, Paris La Butte-aux-Cailles Verlag 1982 entnommen.

Die Tonbandinterviews wurden auf Bitte von Léo Malet bei der Übersetzung von typischen Merkmalen der gesprochenen Sprache wie Redundanzen u.ä. in manchen Fällen behutsam gereinigt.

Paris, im April 1986
Ruth Jakoby

I. Biographisches

Clomalet: Aus meinem Leben.

Es ist unwahrscheinlich, daß
es ein übleres Subjekt gibt
als diesen Malet.

Brief von Napoleon an den
Polizeipräfekten Dubois
13.6.1808.

1. Von Montpellier nach Paris

Ich wurde in Montpellier im Département Hérault geboren. Ich stamme aus sehr bescheidenen Verhältnissen und wurde mit vier Jahren Waise. Mein Vater war Büroangestellter, meine Mutter Näherin. Ich kam am 7. März 1909 zur Welt. Ich war vier Jahre alt, als meine Eltern und mein Bruder starben. Zuerst starb mein Vater. Trauerflore wurden aufgehängt. Sechs Monate später war mein Bruder dran, der noch ganz klein war, und wieder sechs Monate später meine Mutter. Es war kaum Zeit da, die Trauerflore wieder abzunehmen.

Mit vierzehn Jahren habe ich, da ich alles las, die Anarchisten entdeckt. Ich wollte hoch nach Paris. Mein Großvater war davon nicht unbedingt begeistert. Eines schönen Tages bin ich abgehauen. Ich hatte einen Schulabschluß, wie jeder, aber ich habe ihn mit elfeinhalb Jahren gemacht, denn man bekam ihn damals früh. Danach habe ich in einer Bank gearbeitet.

Ich wurde von meinem Großvater väterlicherseits erzogen, der Küfer war – ein totaler Proletarier. Der war in Ordnung. Er las gerne. Ich habe sehr schnell schreiben und lesen gelernt, obwohl ich ziemlich spät in die Schule gekommen bin. Ungefähr fünf Jahre war ich alt, aber sechs Monate später konnte ich lesen und schreiben. Ich habe immer gelesen und habe mich immer für Lektüre interessiert. Ob das eine Begabung war? Es gab niemanden in meiner Familie, der schrieb, keine Künstler.

Weil ich sonntags auf dem Markt die Anarchistenzeitungen „Le Libertaire" verkaufte, wurde ich entlassen: Man fand auf der Bank, daß dies nicht zu meiner Arbeit dort passe.

Ich wollte Chansonnier werden. Ich schrieb kleinere Sachen, Lieder, Gedichte. Ich wollte Chansonnier am Montmartre sein. Hier sehen Sie meine pamphletistische Seite, welche sich übrigens auch in meinen Büchern findet. Die haben bisher wenige Leute bemerkt.

Mit sechzehn kam ich in Paris an, am 1. Dezember 1925. Ich bin zu André Colomer gegangen. Ich hatte ihm vorher geschrieben. Es hatte eine Spaltung unter den Anarchisten gegeben, wegen der Affäre Philippe Daudet. Colomer hatte sich der Auffassung von Léon Daudet angeschlossen, der glaubte, daß die Polizei Daudet ermordet hatte, während die Typen vom „Libertaire" die Selbstmordhypothese unterstützten. Es hatte also diese Spaltung bei den Anarchos gegeben und ich war Colomer in seiner Beurteilung der Sache gefolgt.

Sofort nach meiner Ankunft in Paris ging ich zu ihm. Ich bin an der Gare de Lyon wie ein richtiger Bauer vom Lande angekommen, morgens um neun Uhr, weil damals ein Zug von Montpellier vierzehn

Stunden brauchte. In der ersten Nacht habe ich bei Colomer in der Rue de Charenton geschlafen, auf dem Diwan, wo auch schon Germaine Berton übernachtet hatte und Emile Cotin, den ich später gut kannte und der berühmt war, weil er auf Clemenceau geschossen hatte. Er kam gerade aus dem Zuchthaus, ich habe ihn einige Tage später gesehen.

2. Chansonnier am Montmartre

Ich verkehrte mit allen Anarchos aus der Gegend. Fünfundzwanzig Tage später hatte ich meinen ersten Auftritt als Sänger in „La Vache Enragée" am Montmartre. Maurice Hallé leitete damals die „Vache Enragée". Er war der Bürgermeister der Freien Kommune Montmartre, ein Dichter aus der Beauce. Ich bin auf Empfehlung von Vincent Hyspa dorthin gegangen. Hyspa mit seinem weißen Bärtchen und seinem Akzent von Toulouse oder Castelnaudary habe ich aufgrund eines Rates von Colomer aufgesucht: Colomer hatte viele Bekannte. Es war schwierig, seine Zeitung „L'Insurgé" rauszubringen, denn das Drucken war teuer, deshalb machte er von Zeit zu Zeit die Runde bei seinen ehemaligen Mitschülern des Gymnasiums Louis-Le-Grand. In seinem Studium war Colomer ziemlich weit gekommen: Er hatte einen Studienabschluß in französischer Literatur und wollte weitermachen, kurz, er kannte viele Leute. Ich erinnere mich vor allem an zwei Personen, die er von

Zeit zu Zeit so anpumpen ging, indem er sie fragte, ob sie nicht zweihundert oder dreihundert Francs hätten, weil er Schwierigkeiten bekam, den Drucker zu bezahlen – damals war das schon eine ganz schöne Summe: der eine war Georges Lecomte, der vielleicht zu diesem Zeitpunkt schon zur Académie Française gehörte, der andere war der Schauspieler Louis Jouvet.

Colomer sagte also zu mir:

„Da du ja Sänger werden willst, geh zu Hyspa!"

Ich war aus dem Süden, ich hatte einen starken Akzent, Hyspa auch. Hyspa hat mir geraten:

„Suchen Sie Maurice Hallé auf, da oben in der ‚Vache Enragée', er läßt junge Leute debütieren."

Das tat ich, ich führte ihm vor, was ich machte. Maurice Hallé legte Wert darauf, solche Typen zu haben, um den Umsatz zu steigern. Hinsichtlich der Qualität der Texte, der Literatur, die man ihm präsentierte, war er nicht sehr wählerisch, denn ich muß sagen, was ich so schrieb, war ziemlich mies.

Ich war mit sechzehn Jahren der jüngste Sänger am Montmartre. Am 25. Dezember 1925 bin ich zum ersten Mal aufgetreten. Bei Hallé wurde man natürlich nicht bezahlt. Manchmal lud er mich halt so zum Essen ein, aber er war sehr geizig. Ich lebte weiter von der Hand in den Mund. Ich arbeitete hier und dort als Handlanger, bei Straßenbauarbeiten rieb ich mir einige Körperstellen mit Sandpapier auf, und dann fiel ich, und hopp, ab zur Versicherung... Na ja, kleine Gaunereien, die nicht wirklich boshaft waren. Ich war nun mal eher abgebrannt als reich. Wenn es

Léo Malet wird in den verschiedenen Kabaretts am Montmartre als Sänger angekündigt.

wirklich nicht mehr ging, fuhr ich schwarz mit der Bahn runter nach Montpellier. Ich kaufte eine Bahnsteigkarte und dann schlug ich mich durch. Ich hatte unverschämtes Glück, ich ließ mich nie erwischen bis auf einmal...

3. Leselust

Ich verbrachte meine Tage in der Sainte Geneviève-Bibliothek. Zu dieser Zeit stand sie dem Publikum offen, da war es nicht so wie heute, wo man einen Studentenausweis oder einen Bibliotheksausweis für die Nationalbibliothek haben muß. Einmal, als ich gezwungen war, die Nacht in den Hallen zu verbringen, habe ich gefroren, ich hatte Hunger, ich war mit einem anderen Clochard zusammen, und ich sagte zu ihm:

„Komm, wir gehen uns in der Sainte-Geneviève-Bibliothek aufwärmen." Dieser Typ wußte nicht, was das ist! Wir gehen in die Bibliothek 'rein. Das Lesen interessierte ihn nicht, absolut nicht. Er war noch keine fünf Minuten da, als er anfing zu schreien: „He, sag' mal..!" Weil er zu viel Krach machte, flogen wir raus.

Ich werde mich immer an eine Sache erinnern, über die ich sehr lachen mußte, die aber vielleicht für Sie gar nicht amüsant ist:

Als wir von der Bibliothek auf den Pantheonsplatz kamen, war es sehr windig und es regnete ein wenig. Da sagte dieser Typ zu mir:

Gesundheit, Reichtum, Glück: Dieser Entwurf einer Gratulationskarte stammt von Léo Malet.

„Ah, genau, das ist es!…“

Er zieht an seiner Jacke und beginnt rückwärts zu gehen, indem er erklärt:

„Das wird meine Jacke wieder in Ordnung bringen.“

Es war sein System von Reinigung.

Ich kann Ihnen mein damaliges Leben nicht auf den Tag genau erzählen, denn ich habe kein Logbuch geführt, aber ich bin vielleicht drei oder vier Monate in der „Vache Enragée“ geblieben. Ich lebte von dem, was mir unterkam – manchmal, indem ich aus Schaufenstern klaute – und ich lebte mehr oder weniger draußen. Ich war auch in Hotels, da zahlte ich nur eine Woche, die nächste Woche blechte ich nicht und auch nicht die folgende.

Wenn es nicht anders ging, schlief ich draußen. Das war wirklich furchtbar. Die Kleider...! In drei oder vier Tagen ist man Clochard, es ist aus, man hat alle Merkmale der Gosse.

Weil es nicht so sehr gut lief, habe ich die Singerei sein lassen, ich hab' mal hier, mal da gearbeitet. Manchmal fuhr ich wieder runter zu meinem Großvater, denn wir schrieben uns Briefe. Als ich ausgerissen bin, habe ich eine Nachricht hinterlassen, weil er nicht wollte, daß ich nach Paris gehe. Die Leute waren nicht so wie heute. Mein Großvater war ein prima Typ, keineswegs engstirnig, aber mit 16 nach Paris gehen – das sah er nicht ein, er wußte nicht, was ich dort sollte. Ein oder zweimal war er stolz, als er eine Zeitung erhielt, in der von meinen Auftritten in der „Vache Enragée“ die Rede war.

Für meine Bücherserie, die bei „Fleuve Noir“ erschienen ist, habe ich eins geschrieben, das 1926 bis 1927 spielt. Es sind die Anfänge von Nestor Burma. Ich erzähle wovon der junge Mann, welcher in dem Buch keinen Namen hat, lebt. Erst am Schluß erfährt man, daß er Nestor Burma heißt.

4. In den Folies Bergères

Eines Tages sagte Colomer zu mir:

„Sag' mal, du hast keinen politischen Posten wie ich, ich bin ein Funktionär, da gibt es Sachen, die ich mir nicht leisten kann, aber du... Weil du blank bist, gibt es vielleicht ein Mittel, dir etwas Kohle zu verschaffen. Was ich dir das letzte Mal besorgt habe, war nicht berühmt, aber ich hoffe, daß du da ein wenig besser klarkommst. Warum schreibst du nicht einfach Sketche für die „Folies Bergères?"

„Aber wie kann man das...?"

Er unterbricht mich und sagt:

„Geh' doch mal Monsieur Lemarchand besuchen, er ist der Direktor der ‚Folies Bergères' und einer meiner Freunde."

Und schon ist Colomer dabei, einen Brief für mich zu schreiben.

„Mein lieber Lemarchand, ich schicke Dir Léo Malet, einen Freund, er singt im Moment Chansons in der ‚Vache Enragée', er könnte Sketche für die ‚Folies Bergères' schreiben..."

Ich geh diesen Typ da besuchen, nicht in den „Folies Bergères", sondern in seinem Büro, Boulevard Montmartre. Ich werde fürstlich empfangen.

„Ah", sagte er zu mir, „sehr gut!... Haben Sie eine Vorstellung von dem, was wir in den ‚Folies Bergères' spielen?"

„Nein, keine Ahnung. Ich war noch nie in einem Etablissement dieser Art."

„Wissen Sie, Sie schreiben satirische Lieder, das

hält den Geist auf Trab, wogegen die Leute zu uns kommen, um eine Zigarre zu rauchen und um zu verdauen... Sie müssen sich einmal anschauen, was man bei uns macht."

Ich bin einverstanden und wir verabreden uns:

„Kommen Sie dann und dann... zur Rue Saulnier..."

Zu diesem Zeitpunkt fingen meine Kleider allmählich an, verlottert auszusehen. Mir ist dann eine lustige Geschichte passiert. Ich hatte damals lange Haare. Jetzt trage ich sehr kurze Haare, weil jeder mit langen Haaren herumläuft. Früher war das bei einem Anarcho ein Gütezeichen. Wir waren wenige, vielleicht zweihundert in Paris. Nur, lange Haare, die sollten schon ein wenig sauber sein. Dann war da dieser ekelhafte Bart, den man immer mit sechzehn oder siebzehn hat. Keine Bartstoppeln, kein Flaum, und doch beides zugleich, das sieht dreckig aus. Ich dachte also: Ich werde mich rasieren lassen. Ich hatte genug Geld, um mir den Bart scheren zu lassen, das war übrigens alles, was ich hatte. Ich beschloß also, mich am Tag meines Rendez-vous in den „Folies Bergères“ von einem Frisör rasieren zu lassen, in der Rue de Charenton, gleich bei Colomers Wohnung.

Wissen Sie, heute sind die Frisöre sehr gut. Sie sagen ihnen: „Machen Sir mir das und das“, und das tun sie, und damit ist die Sache erledigt. Aber die Jungs damals...

Nachdem er mich rasiert hatte, sagte mir mein Frisör:

„Wollen Sie nicht, daß ich Ihre Haare ein wenig in Ordnung bringe?“

„Nein, danke, ich habe es eilig...“

„Aber es geht ganz schnell...“

Ich kann nicht nein sagen. Wenn ich eine Frau wäre, hätte ich niemals nein sagen können!

Ich wußte, daß ich ihm nur die Rasur zahlen konnte und ich ließ ihn machen!

Er hat mir die Fransen geschnitten. Dann hat er mich gefragt:

„Wollen Sie nicht ein wenig Shampoo?... oder sonst irgendwas...“ und ich habe mir auch das andrehen lassen.

5. Im Knast

Es mußte schlecht enden, im Jahr 1926 oder 1927, das Leben, das ich führte. Eines Tages wurde ich von den Bullen aufgelesen, als ich unter einer Brücke schlief. Ich wurde eingekastelt. In jener Zeit gab es noch keine Verwarnung. Man wurde einfach in Richtung Petite-Roquette mitgenommen. Zunächst zum „Klavierspielen“ in die Polizeipräfektur und dann zur Petite-Roquette, das war ein Haus für jugendliche Sträflinge, heute sind dort Frauen. Ich bin zwei Monate im Knast geblieben. Das Verfahren wurde niedergeschlagen, eine regelrechte Idiotie. Denn eigentlich durfte ich nicht in den Genuß einer Strafaussetzung kommen, weil ich auf frischer Tat als Landstreicher ertappt worden war. Man malte mir aus, ich müßte bis zum Alter von 21 Jahren im Knast bleiben, weil das der Tarif sei! Hmm...

Mein Großvater wollte mich zu sich nehmen. Als ich das erfahren habe, dachte ich: „Gut, das geht in Ordnung, man wird mich sicher in den Zug stecken und mich nach Hause zurück schicken.“ Aber keineswegs!

Um sieben Uhr abends wurde ich vor die Tür des Gefängnisses gesetzt. Ich war schon im Bett, weil man um 17 Uhr schlafen ging! Um sieben Uhr abends, 71–43 (das war meine Nummer, an die erinnere ich mich noch), Freiheit! Ich bin zum Buchhalter gegangen und man hat mir 15 oder 25 Francs gegeben, die ich mit dem Herstellen von Bindfadenknäueln verdient habe, und dann hat man mich rausgesetzt, zusammen mit einem anderen Typen, auch er ein junger Kerl, der Haftverschonung erhielt, ohne daß man gewußt hätte, warum. Und so waren wir beide plötzlich wieder Clochards. In der Nacht haben dieses Kind und ich draußen bei den Hallen

oder in dem Viertel da übernachtet. Am nächsten Morgen versuchte ich dann, ein wenig Zaster aufzutreiben, ein Chansonnier, den ich im Caveau de la République besuchte, gab mir ungefähr 50 Francs. Ich bin zur Gare de Lyon gegangen und habe wie üblich eine Bahnsteigkarte gelöst, um nach Montpellier zurückzukehren. Ich hatte meinen Entlassungsschein bei mir.

Ich benutzte vor allem Bummelzüge, weil die

Leute dort aus- und einsteigen, es gibt praktisch keine Kontrolle. Der Zug fuhr um Mitternacht an der Gare de Lyon ab. Er kam mittags in Dijon an! Als ich in Dijon war, nahm ich dort einen Express. Ich stieg in Dijon aus, und, ich weiß nicht warum, ich hatte eine Vorahnung. Ich sagte zu mir: „Ich habe das Gefühl, daß die Reise heute nicht so verlaufen wird wie die anderen. Man wird mich schnappen!"

Ich guck' mir einen Soldaten aus, ich gebe ihm ein Paket Zigaretten und eine „leichte" Zeitung, die ich gekauft hatte, und ich erkläre ihm: „Ich, äh, ich reise ohne Fahrkarte. Nimmst du den Zug, der nach Tarascon fährt?"

„Ja, ich fahre nach Fréjus" (oder Marseille, ich weiß es nicht mehr). „Ich werde in das gleiche Abteil wie du gehen. Ich hab' eine Vorahnung, ich hab' Schiß, das Gefühl, daß ich erwischt werde. Ich werde mich einfach unter die Sitzbank klemmen und dann wirst du dich hinsetzen, mit deinen Füßen mich verstecken. Wir werden erst in ein Abteil gehen, wo wir nur zu zweit sind, denn sich unter der Sitzbank verstecken, das ist gut und schön, aber wenn schon Leute dort sind..."

So haben wir es gemacht.

„Wenn wir in Tarascon ankommen, sagst du mir Bescheid."

Schon steigen Leute ein, alle reden durcheinander, der Zug haut aus Dijon ab und dann, plötzlich, sagt eine gute Frau:

„Oh, aber da unten steckt ja jemand!"

Ich werde aus meinem Schlupfwinkel gezogen,

man sucht den Schaffner. Ich wollte ihm erklären:

„Tja, ich reise halt ohne Fahrkarte. Ich bin aus dem Gefängnis entlassen, ich fahre nach Hause."

„Ich kann Sie nicht am nächsten Bahnhof 'raussetzen, ich habe dazu nicht die Zeit. Ich werde Sie in Tournus 'raussetzen."

Es war so gegen nachmittag, um den 14. Juli herum, wohl der Grund, weswegen man mich aus dem verdammten Gefängnis entlassen hatte.

In Tournus:

„Wo sind die Polizisten?"

„Ah, die Polizisten .. die sind ins Grüne gefahren, deinen Typen kannst du doch auch in Mâcon 'raussetzen!"

Ich sage mir: „Mâcon, das ist eine große Stadt, Départementshauptstadt, da kann ich mir bestimmt aus der Scheiße helfen."

Wir gehen in die Erste Klasse, der Schaffner und ich, er fragt mich:

„Warum machen Sie ‚das'?"

„Was wollen Sie, hab' halt kein Schwein gehabt, mit vier Jahren Vollwaise..."

Und da habe ich nicht nur meinen Vater, meine Mutter und meinen Bruder „getötet", sondern auch meine Großmutter etc., kurz, dem Typ standen bald die Tränen in den Augen.

„Ich kann Sie nicht weiterfahren lassen," sagt er zu mir. In Mâcon führt er mich zum Sonderkommissariat, zum Stationsvorsteher, und da hat er etwas sehr Seltenes getan, er hat gesagt:

„Hier, ich hab' den Typ da im Zug aufgelesen. Wir

„Warum machen Sie ‚das'?" – „Was wollen Sie, hab halt kein Schwein gehabt, mit vier Jahren Vollwaise..."

können ihm nicht erlauben weiterzufahren, aber ich melde ihn nicht der Eisenbahnkompagnie."

Was bedeutet, daß kein Verstoß gegen die Eisenbahnvorschriften vorlag, der mich so um die 2 oder 3 Monate Knast gekostet hätte!

Der Schaffner hat mir „viel Glück" gewünscht und ist wieder in seinen Zug eingestiegen. Der Zug war kaum angefahren, als dieser Dreckskerl von einem Stationsvorsteher zu schreien anfing:

„In Ordnung, du zeigst ihn nicht an, aber geht trotzdem die Polizei holen!"

Die Polizisten kommen:

„Was gibt es?"

„Der Kerl da fährt schwarz!"

„Wieviel Geld hast du?"

Ich hatte 45 oder 50 Francs.

„Gut, dann bist du kein Landstreicher. Hast du eine Arbeitsbescheinigung?"

„Nein, ich bin gerade aus dem Gefängnis entlassen."

„Du kommst aus dem Gefängnis, dann können wir dich ja nicht sofort wieder reinstecken. Umso weniger, als du ja gar nichts ausgefressen hast..."

„Aber ich, er schuldet mir 80 Francs!" sagte der Bahnhofsvorsteher.

„Nichts wäre mir lieber, als das Geld zurückzuzahlen", sage ich, „nur muß ich eine Arbeit finden."

„Die Herren Polizisten werden dir helfen..."

Ich gehe also mit den Polizisten nach Mâcon rein. Die Stadt war tot. Es war der nächste Tag nach irgendeinem 14. Juli. Und sie zeigten mir einige Stellen, wo ich ihrer Meinung nach Arbeit finden könnte.

Ihre Auskünfte waren gut, denn am nächsten Morgen wurde ich bei Monet und Goyon angestellt, den Motorradfabrikanten, wo ich als Hilfsarbeiter die Auspuffrohre krümmte.

Am gleichen Abend kehrte ich zum Bahnhof zurück, notgedrungen, um dort zu schlafen. Alle zwei oder drei Tage ließ ich mir einen Vorschuß geben. Dann kommt der Lohn, eine nette Summe. Ich schlief immer noch auf dem Bahnhof, im Wartesaal, aber ich dachte nicht daran, meine 80 Francs dem Vorsteher zurückzugeben. An dem Tag, als ich meinen Lohn erhalten habe, kaufte ich mir ein großes Päckchen Tabak, Virginia, den ich mit einfachem Tabak mischte, und dann habe ich mir ein paar Pastis reingekippt. Da ich die Angewohnheit hatte, schlechtes Zeug zu fressen, Butterbrote oder so was, war ich gegen 23 Uhr total blau.

Was macht man, wenn man blau ist? – man geht ins Bordell zu Madame Blanche in Mâcon.

6. Wohnen im Bordell

Wenn ich auch Angst vor den Frauen der „Folies Bergères“ hatte, muß ich doch sagen, daß ich ein Typ bin, der früh in die Bordelle gegangen ist. Ich hatte ein wenig Angst vor den Frauen, denn ich kannte nur die käufliche Liebe.

Im Haus von Madame Blanche hatte ich bei der Unterchefin einen Stein im Brett, was dazu geführt hat, daß ich später ins Bordell aufgenommen wurde! Jeden Abend spielte ich mit der Unterchefin und zwei oder drei Mädchen Karten und trank dazu ein Glas Bier. Es gab da Typen von Monet und Goyon, die als Freier kamen, sie waren überrascht, mich dort zu sehen. Ich schlief bei Madame Blanche, und am Morgen verschwand ich, um arbeiten zu gehen. Ich kam aber immer zu spät. Ich bin jemand, der ständig zu spät kommt. Als Hilfsarbeiter war ich nicht pünktlich! Eines schönen Tages hat man mich rausgeworfen. Ich habe mich noch zwei oder drei Tage in Mâcon herumgetrieben und bin dann weggegangen. Vor meiner Abreise hatte ich noch die Gelegenheit, die Gerüchte kennenzulernen, welche mein Ausscheiden bei Monet und Goyon hervorgerufen hatten.

Alle die Typen, die zu Madame Blanche gingen, die mich als Kind des Hauses ansahen, sagten:

„Der Kerl da, der mußte nicht malochen gehen, der hat Mädchenhandel betrieben!“

Finden Sie nicht, daß das ein starkes Stück ist?

Ich lege Wert darauf, folgendes hervorzuheben: Auch wenn die Unterchefin einen Narren an mir

gefressen hatte, wenn ich im Bordell geschlafen habe und wenn ich gewissermaßen dort verpflegt wurde, so war ich immer noch wie ein Clochard angezogen. Die gute Frau hatte mir nicht gesagt: „Geh' dir einen Anzug kaufen!" Es war die reine Nächstenliebe, und nicht weil sie sich einen Kerl in meinem Alter anlachen wollte.

Ich habe keins von den Mädchen angerührt, solange ich da drin war.

Ich habe Geschichten erzählt, ich hatte bei allen einen Stein im Brett, sowohl bei der Chefin als auch bei den Zuhältern, die dort waren.

Aus Barmherzigkeit hatte sie gesagt: „Der arme Junge, hier würde es ihm gut gehen, hier hätte er seine Ruhe." Ich war etwas älter als 17 Jahre.

Ich bin daraufhin zu mir nach Hause gefahren. Ich bin zurückgekommen und ein wenig ernsthafter geworden. Ich arbeitete nochmals als Sänger, aber im Quartier Latin.

In der Zwischenzeit hatte ich meine Frau kennengelernt. Meine Frau, sie war eine außergewöhnliche Frau. Sie arbeitete, sie arbeitete einfach. Ich selbst war immer noch ein bißchen in der Gosse. Wir haben das Wenige, was sie verdiente, zu dem bißchen, was ich hatte, gelegt. Ich bin ganz aus der Gosse rausgekommen, weil ich ja jetzt eine Wohnung hatte. Ich

habe Ihnen die Sache mit den Kleidern erklärt: wenn Sie einen Anzug haben und wenn Sie draußen schlafen sind Sie tot, vom gesellschaftlichen Standpunkt aus betrachtet. Mit einem Dach über dem Kopf können Sie selbst einen ein wenig schäbigen Anzug drei Jahre tragen, denn Sie können ihn zumindest ausziehen, um zu schlafen.

Wir haben ein Kabarett im Quartier Latin auf die Beine gestellt, dort, wo kürzlich eine Diskothek mit dem Namen „La Question“ war, in der Rue Frédéric-Sauton. Wir waren unserer Zeit halt ein bißchen voraus. Heutzutage würde die Sache gut einschlagen... Aber damals, im Jahr 1928!

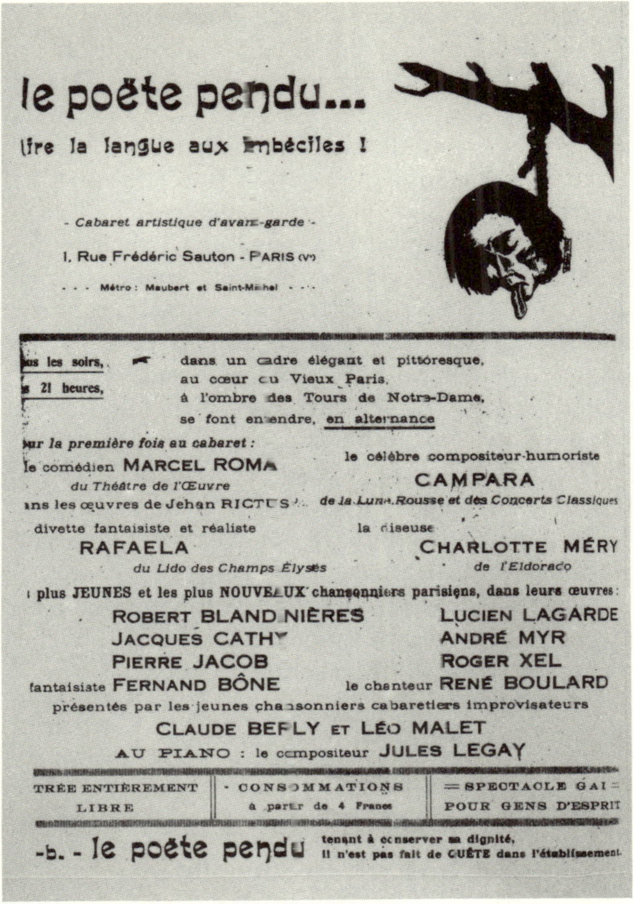

le poëte pendu...
tire la langue aux imbéciles !

- Cabaret artistique d'avant-garde -
1, Rue Frédéric Sauton - PARIS (V^e)
- - - Métro : Maubert et Saint-Michel - - -

us les soirs,
à 21 heures,
dans un cadre élégant et pittoresque,
au cœur du Vieux Paris,
à l'ombre des Tours de Notre-Dame,
se font entendre, en alternance

ur la première fois au cabaret :
le comédien MARCEL ROMA
du Théâtre de l'Œuvre
ans les œuvres de Jehan RICTUS
le célèbre compositeur-humoriste
CAMPARA
de la Lune Rousse et des Concerts Classiques

divette fantaisiste et réaliste
RAFAELA
du Lido des Champs Élysées
la diseuse
CHARLOTTE MÉRY
de l'Eldorado

plus JEUNES et les plus NOUVEAUX chansonniers parisiens, dans leurs œuvres :
ROBERT BLANDINIÈRES
JACQUES CATHY
PIERRE JACOB
fantaisiste FERNAND BÔNE
LUCIEN LAGARDE
ANDRÉ MYR
ROGER XEL
le chanteur RENÉ BOULARD
présentés par les jeunes chansonniers cabaretiers improvisateurs
CLAUDE BEFLY ET LÉO MALET
AU PIANO : le compositeur JULES LEGAY

TRÉE ENTIÈREMENT LIBRE	- CONSOMMATIONS à partir de 4 Francs	= SPECTACLE GAI = POUR GENS D'ESPRIT

-b. - le poëte pendu tenant à conserver sa dignité, il n'est pas fait de QUÊTE dans l'établissement.

Reklamezettel für Malets Cabaret „Der gehenkte Dichter" (Slogan: „Den Schwachköpfen die Zunge rausstrecken").

Ich habe weiterhin ein wenig gesungen, sogar einmal in der Provinz, im Kabarett „Lion d'Or" in Limoges, wohin ich mit meiner Frau ging. Danach habe ich als Hilfsarbeiter gearbeitet: Wir haben Zentralheizungen installiert. Und ich habe die Zentralheizung in einem der schönsten Bordelle von Paris eingebaut – ich bin den Bordellen geweiht! – Rue du Hanovre, eine Konkurrenz zur Rue Chabanais. Wir begannen dort morgens um 10 Uhr, um die schlafenden Frauen nicht zu stören und nachmittags hörten wir Schlag 5 Uhr auf. Aber wir arbeiteten ab 10 Uhr immer nur mit Unterbrechungen, weil, wenn wir irgendwo dabei waren, einen Heizkörper anzuschließen, die Unterpuffmutter kam und sagte: „Platz da!"

Wir mußten, wenn wir auf der Treppe waren, in irgendeinen Dingsbums verschwinden, oder wenn wir in einem Schlafzimmer waren, stillhalten, bis der werte Herr vorbeigegangen war, rauf oder runter.

Manchmal hatten wir Schwein: Ein Kerl ging mit einem Mädchen in das Zimmer nebenan! Wir blieben da und warteten ruhig, rauchten Zigaretten...

Wir haben zwei Monate gebraucht, um die Zentralheizung zu installieren!

7. Im Kreis der Surrealisten

Ich hatte also eine regelmäßige Arbeit. Ich verdiente meinen Lebensunterhalt als Hilfsarbeiter und meine Frau arbeitete ebenfalls. Eines Tages, als ich ein

Bidet in der Gegend der Rue Mogador auslieferte, bin ich an der Buchhandlung José Corti vorbeigekommen, und ich habe surrealistische Veröffentlichungen entdeckt. Das hat mich sehr interessiert, ich war immer noch ein Dichter. Die wurden einem nicht nachgeschmissen, aber es ist mir doch gelungen, an die Bücher zu kommen und das hat mir sehr gefallen, die automatische Schreibweise etc. So sehr, daß ich eines Tages an André Berton geschrieben habe.

Er hat mich aufgefordert, ihn zu besuchen, auf diese Weise kam ich zur Gruppe der Surrealisten.

Am 1. Mai 1931 schrieb mir Breton seinen ersten Brief:

Lieber Herr Malet,

ich war in den letzten Tagen außerstande einen Brief zu schreiben, andernfalls hätte ich Ihnen schon geantwortet. Ich muß Ihnen über die Texte, die Sie mir unterbreiten, nicht sagen, daß ich sie gänzlich liebe, da ich ja nicht aufgehört habe, alles von dem Willen (Nicht-Willen), der in ihnen vorherrscht, zu erwarten. Denken Sie nicht, daß ich im Kontakt mit Ihnen wünsche, bei dem Vergnügen stehenzubleiben, das Sie mir bereiten, und bei dem neuen Vertrauen, das Sie mir entgegenbringen. Ich lege großen Wert darauf, Sie kennenzulernen. Meine Freunde und ich verabreden gerade wieder eine neue Aktion, von der Sie, wenn ich mich an Ihren Brief halten darf, nichts ausschließt. Ich lade Sie ein, daran teilzunehmen, wenn Sie es wünschen. Ich werde Paris für einige Tage verlassen, ist es Ihnen möglich, heute abend zwischen halb sieben und halb acht im Cyrano, Place Blanche, vorbeizukommen? Fragen Sie einen Kellner nach mir.

Ich versichere Sie meiner tiefen Sympathie.

André Breton

Ich muß sagen, daß ich ein leicht rohes, verlottertes Wesen war. Es war André Breton, der mir die guten Manieren beibrachte. Er hat mir beigebracht, in den Theatern zu demonstrieren und den Typen die Fresse zu polieren, die uns daran hindern wollten, die guten Tanten zu beschimpfen, die in Jugendgefängnissen arbeiteten. Er hat mir beigebracht, gut zu leben. Breton war ein Typ von ausgesuchter Korrektheit und Höflichkeit. Ich fand ihn sehr viel charmanter und ernsthafter als Aragon. Ich habe Breton meine Texte geschickt.

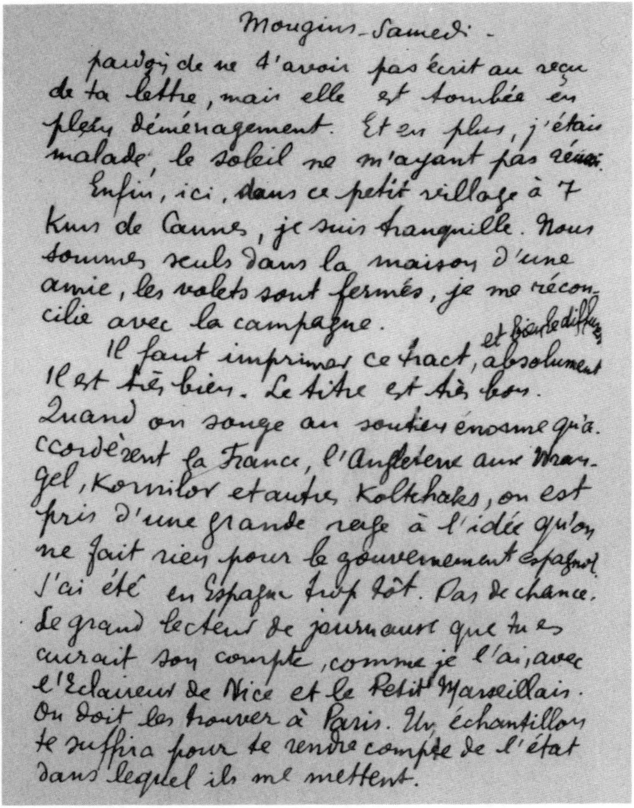
Mougins-Samedi -

pardon de ne t'avoir pas écrit au reçu de ta lettre, mais elle est tombée en plein déménagement. Et en plus, j'étais malade, le soleil ne m'ayant pas réussi.

Enfin, ici, dans ce petit village à 7 kms de Cannes, je suis tranquille. Nous sommes seuls dans la maison d'une amie, les volets sont fermés, je me réconcilie avec la campagne.

Il faut imprimer ce tract, et bien le diffuser absolument. Il est très bien. Le titre est très bon. Quand on songe au soutien énorme qu'accordèrent la France, l'Angleterre aux Wrangel, Kornilov et autres Koltchaks, on est pris d'une grande rage à l'idée qu'on ne fait rien pour le gouvernement espagnol. J'ai été en Espagne trop tôt. Pas de chance. Le grand lecteur de journaux que tu es aurait son compte, comme je l'ai, avec l'Eclaireur de Nice et le Petit Marseillais. On doit les trouver à Paris. Un échantillon te suffira pour te rendre compte de l'état dans lequel ils me mettent.

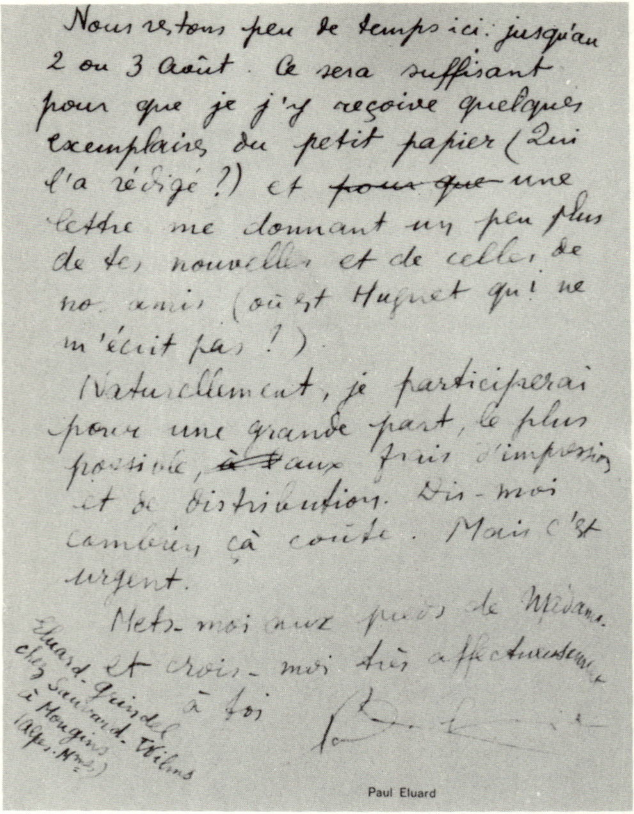
Nous restons peu de temps ici : jusqu'au 2 ou 3 août. Ce sera suffisant pour que je j'y reçoive quelques exemplaires du petit papier (Qui l'a rédigé ?) et ~~pour que~~ une lettre me donnant un peu plus de tes nouvelles et de celles de nos amis (où est Hugnet qui ne m'écrit pas !).

Naturellement, je participerai pour une grande part, le plus possible, ~~à~~ aux frais d'impression et de distribution. Dis-moi combien ça coûte. Mais c'est urgent.

Mets-moi aux pieds de Madame et crois-moi très affectueusement à toi

Eluard. Quindel
chez Sauvard. Vilens
à Mougins
(Alpes-Mmes)

Paul Eluard

Brief von Paul Eluard an Léo Malet.

Die Aktion, von der er im Brief spricht, war eine Ausstellung von Objekten mit symbolischer Funktionsweise. Ich habe eines davon hergestellt: Eine Wachsfrau, bei der das Geschlecht durch einen Goldfisch ersetzt wurde, der in seinem Glas herumschwamm.

Im Jahre 1940 ist Breton nach Amerika gegangen. Ich wurde Kriegsgefangener, ohne Soldat gewesen zu sein.

Ich wollte Breton nicht wiedersehen, als er aus der Gefangenschaft zurückkam.

Es war eine Frage der Konsequenz, denn dieser Mann, dem ich gewissermaßen alles verdanke, hat mir die Konsequenz nahegebracht. Nun, ich war der Meinung, mit dem Schreiben von Kriminalromanen zu beginnen war, vom surrealistischen Standpunkt aus gesehen, ein Mangel an Konsequenz. Entweder ist man Surrealist, oder man schreibt Kriminalromane.

Ich hatte das Gefühl eine Seite in meinem Leben umgeschlagen zu haben, einen anderen Weg gegangen zu sein.

Es hat also den Krieg gegeben.

Nach acht Monaten im Stalag XB wurde ich freigelassen, ich kam nach Paris zurück. Ich habe Kumpels wiedergetroffen, die ich dank des Surrealismus kennengelernt hatte, Typen wie Prévert und vor allem Luis Chavance, der später das Drehbuch zu dem Film „Le Corbeau“ von Clouzot geschrieben hat.

Jette-Bruxelles le 28-2-45
135 rue Esseghem

Mon cher Malet,

J'ai dévoré "La vie est dégueulasse". Je crois que vous avez des chances de devenir un "auteur important". Il me semble en effet que ce que les lecteurs trouvent sur le marché, les ombres et et autres cuteries, finiront par devenir un peu plus exigeants, et alors ce seront des livres comme les vôtres qui auront du succès. Tout cela, bien sûr, est logique et théorique, il faut hélas compter avec ce qui se passe réellement en dehors de la logique et

du désirable - N'empêche que vous avez des chances -

D'un autre point de vue, celui du plaisir pur, votre dernier livre me convient tout-à-fait : j'aime beaucoup l'invention de l'oreiller avec les déchardes (c'est le mot) dans le ventre de la putain, et le sexe-revolver, et la fin du livre : "tirez dans le sexe"!. Les passages qui me laissent toujours indifférent (et c'est curieux) ce sont ceux où des actes (comme les autres, cependant,) se passent sur le plan du rêve, de l'hallucination, ou de la rêverie - Sans doute, parce que dans la vie

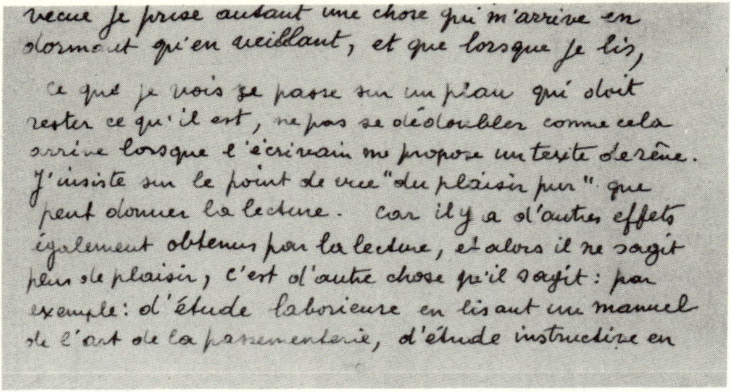
vécue je prise autant une chose qui m'arrive en
dormant qu'en veillant, et que lorsque je lis,
ce que je vois se passe sur un plan qui doit
rester ce qu'il est, ne pas se dédoubler comme cela
arrive lorsque l'écrivain me propose un texte de rêve.
J'insiste sur le point de vue "du plaisir pur" que
peut donner la lecture. Car il y a d'autres effets
également obtenus par la lecture, et alors il ne s'agit
plus de plaisir, c'est d'autre chose qu'il s'agit : par
exemple : d'étude laborieuse en lisant un manuel
de l'art de la passementerie, d'étude instructive en

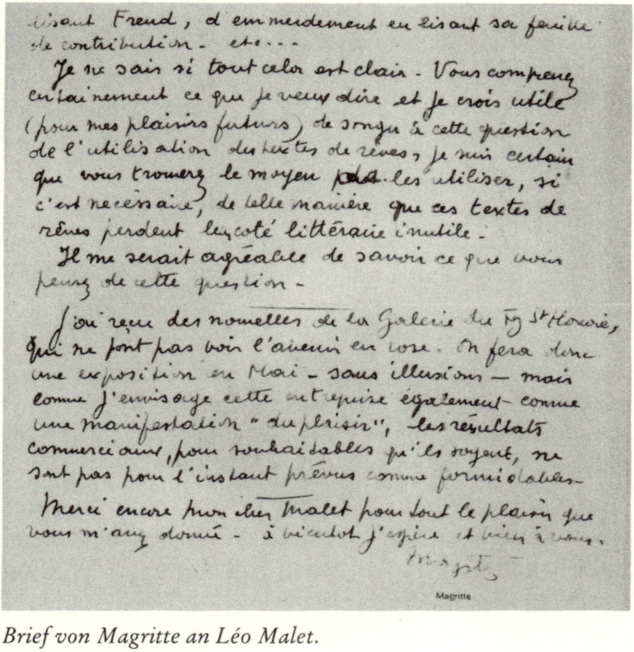
lisant Freud, d'emmerdement en lisant sa feuille
de contribution. etc...
Je ne sais si tout cela est clair. Vous comprenez
certainement ce que je veux dire et je crois utile
(pour mes plaisirs futurs) de songer à cette question
de l'utilisation des textes de rêves, je suis certain
que vous trouverez le moyen ~~pour~~ les utiliser, si
c'est nécessaire, de telle manière que ces textes de
rêves perdent leur côté littéraire inutile.
Il me serait agréable de savoir ce que vous
pensez de cette question.
J'ai reçu des nouvelles de la Galerie du Fg St Honoré,
qui ne font pas voir l'avenir en rose. On fera donc
une exposition en Mai – sans illusions – mais
comme j'envisage cette entreprise également comme
une manifestation "du plaisir", les résultats
commerciaux, pour souhaitables qu'ils soient, ne
sont pas pour l'instant prévus comme formidables.
Merci encore mon cher Malet pour tout le plaisir que
vous m'avez donné. À bientôt j'espère et bien à vous.
Magritte
Magritte

Brief von Magritte an Léo Malet.

Geständnis
(Gespräch Léo Malet – Daniel Mallerin, 11.2.1974)

– Sie sagen, daß es das Gefühl von Konsequenz ist, welches Sie vom Surrealismus in dem Moment abschnitt, als Sie begannen, Krimis zu schreiben. Könnten Sie mir das erklären? Was hat Ihnen der Surrealismus wirklich gebracht?

– Alles. Viel. Ich wußte praktisch nichts, als ich auf Breton getroffen bin. Ja, er hat mir das Gefühl für Konsequenz beigebracht. Ich als Anarcho hätte es schon haben sollen... Ich habe eine Art Moral, Konsequenz. Es gibt Dinge, die man nicht machen soll. Ich als Individualist tue gewisse Sachen nicht, da ich nicht vor mir selber im Spiegel erröten möchte. Trotz des christlichen Anscheins hat meine Moral nichts mit Gott zu tun. Ich bin Atheist.

Breton hat mir viele Dinge beigebracht, durch den Kontakt mit ihm. Es ist deshalb, daß ich, als ich begann Kriminalromane zu schreiben... einfach Romane zu schreiben war unvereinbar mit einer surrealistischen Aktivität... Der Surrealismus hatte diese Art Dinge immer verabscheut. Die Surrealisten verabscheuten die Journalisten, die ihren Lebensunterhalt damit verdienten, manchmal Hymnen auf den Polizeipräfekten zu schreiben wie Roger Vailland, Typen, die Romane schrieben wie Queneau oder selbst Maler wie Max Ernst, der auf Biennalen ausgestellt haben muß... Auf jeden Fall war das Schreiben von Romanen mit surrealistischen Aktivitäten unvereinbar, deshalb habe ich mich nicht mehr als Surrealisten ausgegeben. Ich habe immer Wert auf meine ehemalige Zugehörigkeit zur surrealistischen Gruppe gelegt, aus Egoismus. Es gibt heute so viele Leute, die gerne zur surrealistischen Gruppe gehört hätten, daß ich stolz bin, eine Sache sagen zu können: Nun ja, ich, wie der Soldat von Austerlitz, ich war dabei. Das ist alles. Ich höre so viel Blödsinn über die Surrealisten...

– Ja, aber kein Grund, damals alle Brücken zu den Surrealisten abzubrechen...

– Ich fühlte mich nicht mehr würdig, wen auch immer von ihnen zu treffen. Wenn das jetzt wäre, wäre es anders, denn neue Leute sind auf mich zugegangen, mit denen ich gebrochen hatte. Wenn ich jetzt einen Schmöker schreibe, amüsiert mich das, bin ich ziemlich zufrieden mit dem, was ich mache... ich muß eine Sache gestehen: Ich war bei meinen ersten Büchern überhaupt nicht zufrieden mit mir. Ich schämte mich dessen, was ich schrieb.

Flugblatt der surrealistischen Gruppe

GEGEN-ANGRIFF

Unter dem Feuer der französischen Kanonen...

1. Hitler gegen die Welt – Die Welt gegen Hitler

   Diese Pseudodialektik, die sich auf dem Einband einer stalinistischen Broschüre entfaltet, welcher vier blutige Hacken zur Form des Hakenkreuzes zusammengefügt zeigt, genügt, um zu beweisen, daß die kommunistische Politik endgültig mit der Revolution gebrochen hat. Die Welt, wie sie ist, gegen Hitler aufrufen heißt, sie tatsächlich gegenüber dem Nationalsozialismus zu *qualifizieren*, während die revolutionäre Haltung notwendigerweise eine *Disqualifikation* beinhaltet. (Disqualifikation, von der noch vor kurzem verächtliche Formulierungen wie *bürgerliche Welt* oder *kapitalistische Welt* zeugten.)
2. Der Beitritt zur Gruppe der Sieger von 1918 seitens der UdSSR und der Kommunisten hat demzufolge zu ihrer Zustimmung zum Vertrag von Versailles und zu einer ganzen Reihe finsterer Hirngespinste geführt, die ihm gefolgt sind. Es ist normal, daß auch der Qualifizierung der Welt auf dem Weg der Verleumdung die Qualifizierung der diplomatischen Werkzeuge folgt, die dazu dienen,

CONTRE-ATTAQUE

SOUS LE FEU DES CANONS FRANÇAIS...

1\. **HITLER GEGEN DIE WELT - DIE WELT GEGEN HITLER**
HITLER CONTRE LE MONDE - LE MONDE CONTRE HITLER

Cette pseudo-dialectique qui s'étale sur la couverture d'une brochure stalinienne ornée de quatre haches sanglantes disposées en forme de croix gammée, suffit à prouver que la politique communiste a rompu définitivement avec la révolution. Faire appel au monde tel qu'il est contre Hitler, c'est en effet **qualifier** ce monde en face du national-socialisme, alors que l'attitude révolutionnaire implique nécessairement une **disqualification** (disqualification dont rendaient compte il y a peu des expressions méprisantes comme *monde bourgeois* ou *monde capitaliste*)

2\. L'adhésion au groupe des vainqueurs de 1918 de l'U. R. S. S. et des communistes, a entraîné par là-même leur adhésion au traité de Versailles et à toute une série d'élucubrations sinistres qui l'ont suivi. Il est normal que de la qualification du monde découle, sur la route du reniement, la qualification des instruments diplomatiques qui servent à donner à ce monde un semblant de cohésion.

3\. **Nous sommes, nous, pour un monde totalement uni** - sans rien de commun avec la présente coalition policière contre un ennemi public n° 1. Nous sommes contre les chiffons de papier, contre la prose d'esclave des chancelleries. Nous pensons que les textes rédigés autour du tapis vert ne lient les hommes qu'à leur corps défendant. Nous leur préférons, **en tout état de cause,** la brutalité antidiplomatique de Hitler, plus pacifique, en fait, que l'excitation baveuse des diplomates et des politiciens.

Paul ACKER, Pierre AIMERY, Georges AMBROSINO, Georges BATAILLE, André BRETON, Claude CAHUN, Jacques CHAVY, Jean DAUTRY, Jean DELMAS, Henry DUBIEF, Reya GARBARG, Arthur HARFAUX, Maurice HENRY, Georges HUGNET, Marcel JEAN, Léo MALET, Suzanne MALHERBE, Henry PASTOUREAU, Benjamin PÉRET, Jean ROLLIN.

LES IMPRESSIONS DIVERSES, 6, Av. de la Porte-Brunet, Paris-19e dieser Welt den Anschein von Zusammenhalt zu geben.

3. *Wir aber, wir sind für eine gänzlich geeinte Welt*, die nichts mit der gegenwärtigen Koalition gegen einen Staatsfeind Nr. 1 verbindet. Wir sind gegen die Papierlappen, gegen die Sklavensprache der Kanzleien. Wir glauben, daß die um den grünen Tisch herum verfaßten Texte die Menschen nur gegen ihren Willen einen. Wir ziehen ihnen *auf jeden Fall* die antidiplomatische Brutalität von Hitler vor, die pazifistischer ist als die sabbernde Aufgeregtheit der Diplomaten und der Politiker.

(Unterschriften)

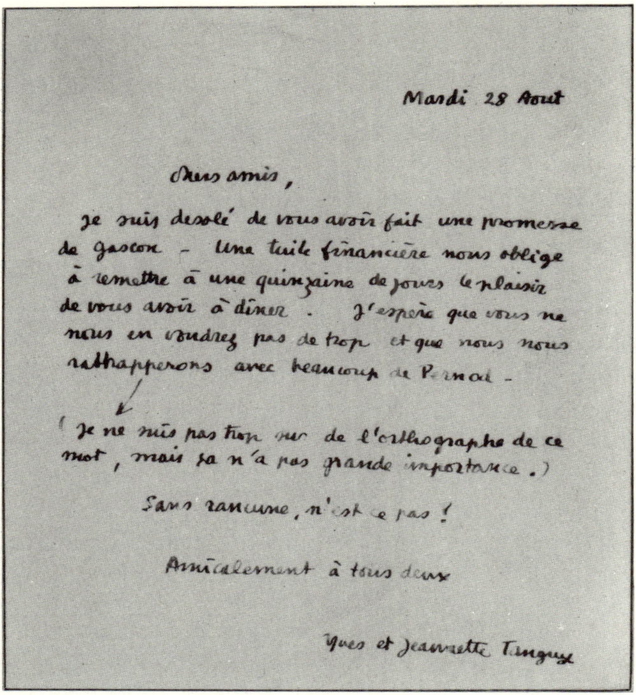

Mardi 28 Aout

Chers amis,

Je suis desolé de vous avoir fait une promesse de gascon – une tuile financière nous oblige à remettre à une quinzaine de jours le plaisir de vous avoir à dîner. J'espère que vous ne nous en voudrez pas de trop et que nous nous rattapperons avec beaucoup de Pernod –

(Je ne suis pas trop sur de l'orthographe de ce mot, mais sa n'a pas grande importance.)

Sans rancune, n'est ce pas!

Amicalement à tous deux

Yves et Jeannette Tanguy

Brief von Yves Tanguy an Léo Malet.

8. Anarchie à la Malet

(Gespräch Léo Malet – Daniel Mallerin
vom 22. 2. 1974)

– Würden Sie sich noch als Anarchisten bezeichnen?

– Um die Dinge zu vereinfachen, sage ich im Gespräch manchmal, daß ich Anarchist bin... obwohl der Anarchist, welcher ich war, nichts mit den heutigen Anarchisten zu tun hat. Ich würde eher sagen, daß ich ein Nonkonformist bin. Meine Frau und ich haben lange Zeit für die Herbeiführung einer besseren Gesellschaft gekämpft und wenn ich sehe, was den Ländern widerfahren ist, die eine Revolution durchgemacht haben! Ich bin wie die alte Russin, die vor ihren Ikonen dafür betete, daß der Zar lange lebe. Ein Zar, den alle verabscheuten! Er läßt die Frau rufen und sagt zu ihr:

„Alle wollen meinen Tod, du bist die einzige im Lande, die dafür betet, daß ich lange lebe. Erkläre mir das..."

Und die Alte antwortete ihm:

„Ich habe Euren Urgroßvater gekannt, ich habe gebetet, daß er stirbt – er ist gestorben. Ich habe Euren Großvater gekannt, er war ein Tyrann, ich habe dafür gebetet, daß er stirbt – er ist gestorben. Ich habe Euren Vater gekannt, er war ein Tyrann, noch schlimmer als die anderen, ich habe gebetet, daß er stirbt – er ist gestorben. Ihr, Ihr seid noch schlimmer als die anderen, um keinen Grund zur Klage zu haben, bete ich dafür, daß Ihr bleibt."

Also, das ist ein wenig meine Position...

Was ich mir wünsche, das ist eine gute bürgerliche Gesellschaft (in der Art der dritten Republik), die gelegentlich gemildert wird durch die Ermordung eines Staatspräsidenten... und daß man das Recht hat, Scheiße zu sagen und daß man vor allem das Recht hat, viele Dinge zu schreiben. Die Freiheit des Pamphletisten ist verschwunden. Es gibt keine Polemiker mehr, oder nur sehr blasse.

9. Vom Dichter zum Krimiautor

Der Krieg kommt, und ich werde als krank aus der Gefangenschaft entlassen.[1]

Chavance, ein Freund, den ich wiedertreffe, sagt mir:

„Würdest du nicht gerne mal Kriminalromane schreiben?"

„Man müßte wissen..."

„Du hast viele Filme gesehen, du hast viele Krimis gelesen?"

[1] Léo Malet wurde 1940 als Pazifist verhaftet und kurze Zeit später wegen des schnellen Vorstoßes der deutschen Truppen in Frankreich wieder freigelassen. Auf dem Rückweg nach Paris griffen ihn die Deutschen auf, die ihn für einen französischen Soldaten in Zivil hielten. Malet wurde abermals verhaftet und verbrachte zehn Monate als Kriegsgefangener in einem Stammlager. Danach konnte er endgültig nach Paris zurückkehren.

„Ja."

„Los, versuch's. Ich bin im Moment Direktor einer Reihe, die bei den Editions Ventillard erscheint. Mach etwas, die zahlen 3000 Francs."

Ich hatte zuhause eine Schreibmaschine, ich habe ein erstes Buch geschrieben unter dem Pseudonym Franck Harding. Der Protagonist hieß Johnny Metal, denn das ist ein Anagramm von Malet. Ich habe 7000 Francs dafür bekommen. Ein anderes Mal habe ich das Pseudonym Léo Latimer verwandt.

Das System von Ventillard war folgendes: Es gab nicht mehr viele Serien von Kriminalromanen, denn die interessanten Krimis kamen aus England oder Amerika, aber die konnten wegen des Krieges nicht mehr nach Frankreich gelangen.

Deswegen verwandte man also ein angelsächsisches Pseudonym und verfaßte eine Geschichte, die in einem England oder Amerika der Phantasie spielt. Ein Amerikaner, der Johnny Metal liest, würde sich vor Lachen kugeln.

Ich habe ungefähr zehn davon geschrieben, nicht ganz, und sehr schnell kam diese Art von Eitelkeit in mir auf: Warum schreibe ich nicht mal was unter meinem Namen? Etwas, das vielleicht ein bißchen besser ist. Ich dachte an etwas Neues: Die deutsche Besatzung hatte ihre künstlerische Seite.

In den französischen Kriminalromanen gab es kein Dekor, es gab nicht diese Atmosphäre, die man in den englischen Krimis findet, das heißt, dieser Nebel...

Bereits 1948 erhielt Malet einen Krimipreis: ***Le cinquième procédé*** *wurde ausgezeichnet.*

Nun, was ersetzte den Nebel, diesen Nebel, den wir nicht in Frankreich haben, allenfalls gelegentlich, am Pont de Tolbiac?

Das Black-out in der Besatzung! Paris ohne Autos war sehr beeindruckend: Diese schwere Atmosphäre, nur ein wenig durch deutsche Patrouillen gestört, dieses absolute Schwarz, das war ein Dekor, in dem ein Kriminalroman spielen kann, und nicht in der hellen Mittagssonne. Ich habe beschlossen, diese Atmosphäre zu verwenden und ich habe „120, Rue de la Gare“ geschrieben. Aufgrund meiner Erinnerungen als Kriegsgefangener habe ich den Prolog in einem Gefangenenlager spielen lassen. Nestor Burma kommt als heimkehrender Sanitäter in Lyon an, wohin auch ich in einem Sanitäterzug zurückkehrte.

Eiffelturm und Stierkopfpfeife: die Insignien Nestor Burmas.

Léo Malet spricht über seine Lyrik[1]

Als ich den Surrealismus kennenlernte, war es extrem verführerisch zu sehen, daß man zum Genie werden konnte, indem man einfach die Feder übers Papier laufen ließ. Und da habe ich mich in automatischen Texten versucht.

War das gut, war das schlecht? Ich weiß es wirklich nicht, aber als ich dann das „Zweite Manifest"[2] gelesen habe – und in diesem gab es politische Aspekte, die mich interessierten – hat all das dazu geführt, daß ich an Breton geschrieben habe... Eine Art Flaschenpost, weil ich mir sagte: ein Typ wie der... vor allem, weil man mir erzählt hatte, daß die Surrealisten sehr wenig entgegenkommende Persönlichkeiten wären, sehr distanziert... sehr reich.

Im Surrealismus habe ich eine Weise gefunden, mich auszudrücken, aber diese Weise entsprach mir. Das ist vielleicht ein bißchen prätentiös.

André Breton... Das Lachen von André Breton... Alle Welt spricht vom Literaturpapst... der Papst... ein Kerl aus Marmor. Ich habe ihn lachen sehen wie einen Verrückten, Rue Fontaine, während er Platten von Offenbach hörte. André Breton hielt sich nicht immer für André Breton... und wenn er Fehler hatte, so hatte er doch nicht *nur* Fehler.

1 Léo Malet im Gespräch mit Yves Martin. In: Léo Malet: *Poèmes surréalistes*, Lausanne 1975, Eibel-Verlag.

2 Das zweite surrealistische Manifest André Bretons erschien im Jahre 1930.

Was ist Dichtung? Gelehrte würden Ihnen sagen: „Es ist das, was das Leben ertragen hilft... Es ist das, was erhaben macht." Ein Schamhaar für Haarspalter, vielleicht. Ich weiß nicht, was das ist, die Dichtung.

Das Gedicht ist eine merkwürdige Sache, die man nicht deflorieren darf, weil ich den Eindruck habe, daß jeder Leser in ihr sein Universum sieht. Manchmal sagt man: „Der Dichter wollte dieses oder jenes sagen", während der Leser, der dort etwas ganz anderes gesehen hat, vielleicht enttäuscht ist.

Ich habe niemals optimistische Texte geschrieben.

Charles Aznavour. Ich finde, daß er sehr schöne Chansons singt. Und eines Tages hörte ich ihn sagen: „Aber ich empfinde keines der Gefühle, welche ich in meinen Chansons ausdrücke." Ich muß sagen, daß ich das beschissen fand. Weil wir alles künstlich herstellen, wir stellen Liebe her, wir stellen den Tod her, wir weinen, wir lachen auf Bestellung. Das, das kotzt mich an. „Die Aufrichtigkeit verläßt mich nicht, sie hebt und senkt sich wie ein Zement." Für mich ist das eine Losung. Man muß aufrichtig sein.

Jetzt ist meine „poetische Ader" versiegt, oder vielleicht hat sie sich von der streng dichterischen Ebene... Verse, typographische Linien, die nicht bis zum Ende der Zeilen reichen... in Nestor Burma verlagert, der sich möglicherweise poetisch in poetischen Landschaften verhält. Die Dichtung in einer anderen Form.

II. Automatische Texte

1930

Nur eine Geschichte

Am 15. Juli 1927 zog ein prachtvoll gekleideter Herr in Begleitung einer Dame gegen vier Uhr nachmittags den Metroplan an der Place Daumesnil zu Rate. Nebenbei sei bemerkt, daß sich der Plan der Metrostation Daumesnil in einem Schrein aus granatfarbenem Samt befindet und dem Südwind ausgesetzt ist. Um Viertel nach fünf sah der Polizeikommisar des 12. Arrondissements den Herrn, von dem weiter oben die Rede war, in sein Büro treten. Dieser Herr zog, nachdem er es sich in einem Sessel bequem gemacht hatte, einen Revolver aus seiner Hosentasche, legte ihn in Reichweite und hielt, noch immer ohne ein Wort zu sagen, dem Polizisten eine vergilbte Photographie vor, auf der ein Rosenstrauß zu sehen war. Neben diesem Strauß eine Nelke in einem Tintenfaß, als Federhalter oder Verschluß. Das Ganze achtlos auf einem mit Stroh bespannten Stuhl. Da der Beamte immer weniger zu verstehen schien, hielt ihm der Herr sehr schnell, nach Art der Zauberkünstler, ein Paar Handschuhe unter die Nase. Um sechs Uhr meldeten die Abendzeitungen in einer einseitigen Ausgabe mit großen Lettern das Verschwinden eines Metroplans. Was ich hier erzähle ist kein bizarres Märchen. Es ist die größte poetische Offenbarung des Jahrhunderts; alle Eingeweihten wissen das. Für die Außenstehenden schreibe ich heute diese Offenbarungen nieder, mehrere Jahre (10, 20?) nach dem Ereignis. Mit der Suche nach Zeitungen dieser Epoche würden Sie nur Ihre Zeit verlieren. Ich habe sie alle vernichtet. Sträuße aus Blumen, Sträuße aus Revolvern, Sträuße aus Tintenfässern, Sträuße aus Stühlen. Ein Witz wie explodierender Tabak. Eine Hausdurchsuchung bei den Anarchisten wurde durchgeführt. Man beschlagnahmte zehntausend Tonnen Dynamit. Die Untersuchung kam nicht von der Stelle. Genau in diesem Moment drang die Meldung durch. Diese Meldung. Der Polizeipräfekt fand in seiner persönlichen Post ein wunderschönes Frauenherz, das die Zukunft voraussagte. Die Hauptstadt war gerührt und das Kapital auch. Die Bänke der städtischen Gärten, der Avenuen, der Boulevards wiesen die Liebespaare zurück. An den Mauern in Paris konnte man große Pamphlete mit folgendem Wortlaut lesen:

ERINNERT EUCH AN 1912
NEHMT EUCH VOR DEN GAUNERN
IN ACHT
DEN TRAGISCHEN
HERZ UND BROWNING

Denn im Jahre 1912 hielt ein Auto, dessen Farbe so unbeständig wie der Liebeswind war und in dem etwa zehn selbstmörderische Kobolde saßen, mitten auf der Rue Ordener mit einem wohlorchestrierten Geschoßhagel an. Und die Kassenjungen, schiffbrüchige Boote, verspritzten Blut überallhin. Es ist bekannt, unter welchen Umständen ich in die Affäre verwickelt war. Meine Mätresse wurde auf dem Boulevard Arago exekutiert. Daraufhin zersplitterten die

Hämmer in der Avenue de l'Opéra die Schaufenster der Juweliere und wir verteilten Perlen und Rasiermesser an die Menge. Dann verschwanden wir, immer noch im Auto mit den wechselnden Farben. Man sprach nicht mehr von uns bis zu dem Tag, an dem sich vom Himmel herabfallende Silberstücke, als sie den Boden berührten, in Münzen aus Bronze und Nickel verwandelten. Bei Einbruch der Nacht wurde Paris zu einem Fluß von Diamanten. Die Seine, in welcher den Feuilletonromanen zufolge die Leichen treiben, führte an jenem Abend unzählige Reichtümer mit sich, angesichts derer sich die Sexualorgane wie Bettler ausnehmen. Das gelbe, rote, grüne oder graue Auto, ich weiß nicht mehr, hatte einen letzten Auftritt. Trunken vor Stolz und Freude brach es mit einem Sprung über das Geländer des Pont au Change auf, den Tod zu verfolgen.

Traumerzählung

Die Besitzerin eines Zeitungskiosks und einige Conciergen hatten mich eingeladen, bei ihnen im dritten Stock Kaffee zu trinken. Das Gebäude, in der Nähe des Place Péreire gelegen, würde mir durch einen riesigen Lichtstrahl angezeigt. Als ich bei diesen Damen eintrat, entdeckte ich auf dem Bett einen an mich adressierten Brief. Im nächsten Augenblick trug der Umschlag als Aufschrift lediglich ein Lied, wenn man die Wiederholung ein und desselben Verses so nennen kann (Beim Aufwachen vergessen). Er war mit zehn Briefmarken frankiert, die das Bildnis von Alphonse XIII. enthielten. Nachdem ich in einem Glaskolben Benzin und Petroleum gemischt hatte, verabschiedete ich mich und vergaß dabei, den Hut meiner Begleiterin und ihren blauen Schal mitzunehmen. Als ich unten auf der Straße ankam, setzte mir einer meiner alten Freunde, den ich verdächtigte der Polizei anzugehören, einen Revolverschuß in den Bauch.

Pariser Landschaft

Auf dem Boulevard Saint-Michel gibt es eine Bank, die darüber klagt, niemanden auf ihren ausgebreiteten Armen zu haben. Die erloschene Gaslaterne klagt, daß sie niemals brenne. Aber plötzlich schweigen die Bank und die Straßenlaterne, denn es kommen drei Spaziergänger. Während zwei Personen Wache schieben, legt die dritte aufgeregt einen Gegenstand am Fuß der Bank ab. Dann *verstecken* die drei *untergehakten* Spaziergänger, *indem sie ihre Spazierstöcke kreisen lassen, ihre Köpfe* in großen Illustrierten. In der Nähe loben drei Sterne einen guten Schnaps auf einem Gerüst. Aus der malvenfarbigen Hülle kommt dann ein ganz nacktes Baby, das mit unruhiger Miene nachschaut, ob die Zigarrenstummel nicht gefährlich sind. Aber was macht dieser junge Mann auf dem Boul 'Mich'? Unter jedes Gitterrost, das die Bäume am Boden schützt, läßt er eine Gerte gleiten. Er vergewissert sich, daß es unter den gußeisernen Rosten keinen Tierpark gibt. Und dennoch hört man ein Brüllen. Mit verrückter Geschwindigkeit kommt eine dunkelviolette Straßenbahn vorbei, aus den Gleisen springend durchrast sie die Haltestellen. Der Schaffner verkauft kleine Akkordeons aus Papier. Der junge Mann von eben (derjenige, welcher mit einer elektrischen Lampe in der Hand das Lied des Asphaltes suchte) ließ sich gerade auf eine Bank fallen und weint. Die Schöne Witwe mit dem Roten Schleier umfaßt seinen Kopf und sammelt seine Tränen. Als der junge Mann lächelt und einen Diamanten zeigt, den er seit seiner Geburt in der Handfläche versteckt hält, verflüchtigt sich die Schöne. Aber um diesen rothaarigen Schüler, der auch weint obwohl er schläft, und der in den Händen einen scharlachroten Seidenschal hält und mit dem Fuß eine Metallpfeife zertritt, hat sich eine Menschenmenge gebildet. Dort, wo die Bank steht, ist soeben eine Grünfläche erschienen. In der Mitte raucht auf ewige Zeiten eine Pfeife mit Totenkopf. Niemand kann Ihnen genau sagen, ob sie schon lange Zeit dort ist, aber man wird darin wetteifern Ihnen zu wiederholen, daß die Kreislinie, die erst seit kurzem von den Türmen von Notre Dame herabgestiegen ist, sie an diesem Ort an einem nebligen Morgen niedergelegt hat, während zwei Liebende sich, Mund gegen Mund, genau vor der Leichenhalle ins Wasser warfen. Aber das ist Geschwätz. Des Rätsels Lösung, um mit Ihren Worten zu sprechen, befindet sich in dem Leinensack, den ein Arbeiter trägt, welchen man jeden Morgen um zwei Uhr im Café Buard in der Rue des

Martyrs treffen kann. Klopfen Sie ihm zweimal auf die Schulter. Er öffnet seinen Sack. Auf dem Grund desselben ruht ein Telegramm. Ein Kuß fällt gerade aus dem Telegramm. Text des Telegramms: „Die Frauen, die ich habe. SOS." Im ersten Moment habe ich herzlich gelacht. Genau wie meine Mätressen SOS. Und niemand hat erfahren, warum ich mir zehn Minuten später, als ich den Mund zum Hilferufen weit öffnete, eine Revolverkugel hineinschoß.

Der entschlossene Träumer

Der Tod ist gerade mit seinen 110 goldgeschmückten Haar-Pferden in das glänzende Ankleidezimmer eingedrungen, in dem sich zwanzig unendlich schöne Wachsfrauen im Absatz eines schwarzen Schuhs spiegeln. „Es ist höchste Zeit, sagt eine von ihnen, damit aufzuhören. Die Liebe, bei Androhung von Lebensstrafe untersagt." Und schon rufen die anderen mit einer Stimme, die an Phosphor erinnert, den unbekannten Herrn an. Und alle wiederholen den gleichen Satz und alle gehen vor den vier Spiegeln auf und ab. Alles wiederholt sich unendliche Male und steigt in einen dunklen Kegel ohne Gipfel und ohne Grund hinab. Dort war ich, eine Zigarette im Mund und den Kopf auf ein rundes Tischchen gestützt, mit meinen Überlegungen angekommen, als sich das falsche Gesicht des Stiefmütterchengedankens unter meinen Arm gleiten ließ. Ich machte mich dann laut schreiend auf den Weg über die Boulevards der Stadt. Später erreichte ich wieder meine Wohnung, unter dem entzürnten Blick der Bogenlampen und der Gewürznelken, Hundertsousstücke des Jenseits, Hände der Fatima, unglückbringendes Maiglöckchen. Natürlich, wenn Ihr niemals an den Schminkpuder der Bäche und an den Schminkpuder der Luft gedacht habt, die das Sonnenlicht in Kästen aus Karton sperren wollen, fahrt nicht fort...

Aber wenn Ihr unter der linken Brust einen kreuzförmigen Stern habt, dann setzt Euren Weg fort und wendet Euren Kopf nur nach Nordosten.

Nur um diesen Preis wird die gigantische Sache geschehen, entsetzliche Einfachheit.

Das heißt Eros selbst wird Euch sagen, was man an den Grenzsteinbrunnen der zylindrischen Räume wiederholen muß, dann wird er schweigen, die Zähne von Veilchen durchbohrt.

Denn alles ist der Untätigkeit des Lebens, so wie Ihr es versteht, vorzuziehen. Nichts geschieht und nichts dringt durch. Hier sind endlich die Soldaten und die stumme Lampe, die Blumenlampe, die Leuchtturmlampe, finsteres Loch in der Nacht, wie der Leichenwagen mit seinem Leichenzug an Grabsteinen, höchst kostbaren Steinen, ein Haken im Tage ist. Hier ruhen ein Aufruf zum Appell und das Geheul der Prairie. Ich lehne mich an den Fuß des Polarsterns. Ich denke nicht ohne Trauer an die Tränenüberschwemmungen, ich erinnere mich mit Freuden an die Autodafés von Prospekten. Nichts ist der Frische der Pflanzen am Morgen gleich, wenn die Morgenröte, welche über die Scharniere und Beinhäuser rollt, das schwarze astrologische Bild verjagt. Ich würde noch darüber nachdenken, über diese sympathischen Gleichungen, wenn ich die Zeit zum Denken hätte. Aber die Sterne interessieren mich nicht mehr als der Mond. Nichts reizt mich, die Metalle nicht mehr als das Holz, die Hölzer nicht mehr als die Wälder, die großen jungfräulichen Wälder, wo sich die Löwen mit den opalfarbenen Mähnen und den feurigen Augen treffen, Kampf der Farben. Wer würde es wagen, mich daran zu hindern, dieses Schiff zu betreten, das vom Kiel bis zur Mastspitze hechelt und seufzt und wie ein Fisch mit den Flügeln schlägt? Aus welchem Verladehafen stammt er, von welchem Äquator kommt er, der finstere Seemann mit der falschen Pappnase? Symphonie in Rot. Ich lehne mich an die Flasche. Ich lese meine eigenen Romane, meine blutigen Gedichte. Ich glaube, es ist Zeit, sie schreiben zu gehen.

Tulamor

Es ist unnötig hier weiter auszuholen, um die Liebesgeschichte des jungen Mannes und des jungen Mädchens zu erzählen, die jeden Tag einen Teil ihrer Herzen an der Metrostation Marcadet verkauften. Aber man sollte doch wissen, daß diese beiden jungen Götter den polizeilichen Provokationen ausgesetzt waren und daß der junge Mann, der gelegentlich seine braunhaarige Begleiterin im Stich ließ, gerne ein Augenzwinkern von der Leuchtreklame empfing. Es waren zwei nette Turteltäubchen, die sich wie die Feldblumen liebten, wenn der Wind sie nicht trennt. Als ich sie zum ersten Mal sah, betrachtete ich oben von meinem Fenster aus ein defektes Auto an der Ecke der Rue Ordener, das einen Mechaniker verlangte. Aber niemand kümmerte sich um dieses verzweifelte Fahrzeug, das deutlich Anzeichen von Schrecken erkennen ließ. Die Pariser Bevölkerung war durch einen wunderbaren Großbrand, der seit zwei Monaten anhielt, auf das linke Seineufer gelockt worden. Ich sah die Feuerwehrleute mit ihren Goldhelmen und ihrer großen Meeresschlange vorbeifahren. Aber ich schenkte ihnen nur geringe Aufmerksamkeit, denn ich war, wie ich bereits durchblicken ließ, fasziniert von den Scheinwerfern des parkenden Autos. Taugenichtse warfen Steine nach ihm. Es antwortete ihnen nicht... Aber was will die Hexe, die, um ihren Weg wiederzufinden, die Straße mit goldenen Ringen kennzeichnet? Sie geht mühsam, auf zwei Krücken gestützt. Jetzt steht sie vor dem Auto. Sie öffnet die Tür und ein reizendes Wesen aus Glas, welches zwischen seinen Zähnen eine grüne Girlande hält, die es der Hexe auf den Kopf legt, steigt aus und ich sehe genau, wie diese durchsichtige Astarte in die Lüfte entschwindet und dabei vor Vergnügen schnurrt. Jetzt ist die Straße leer. Das Auto ist verschwunden. Kinder versammeln sich an der Stelle, wo der Wagen stand. Sie entdecken mich auf meinem Balkon und fangen an, mit Steinen nach mir zu werfen. Ich fange sie alle im Flug auf. Ich werde sie heute abend im Licht untersuchen. Vielleicht befindet sich an einem von ihnen das Stück Pergament, welches mir das Geheimnis des verlassenen Autos enthüllt, das die Leiche einer Flasche Vitriol mit sich führte.

Text und Traum vermischt

Ich wurde an jenem Tag geboren, an dem die siamesischen Brüder, die unheilvoll in Erinnerung geblieben sind, versuchten Selbstmord zu begehen, indem sie sich gegenseitig erwürgten. Das hatte auf mein Leben einen großen Einfluß, welches aufgrund dieses Sachverhalts eine richtige Gitterluke wurde, durch die der Wahnsinn seine karminroten Arme strecken konnte. Ich sah, wie Autofahrer den Wind bei den Füßen packten und ihn zwanzig Meter hinter sich treiben ließen. Ich sah, wie die gleichen Autos den Eiffelturm hochstürmten und dort einen Teil ihres Bleches hinterließen, um einen Namen zu formen. Bis zum Tag meines Zusammentreffens mit dem Glühwürmchen auf einer Straße, die von Rinnsteinen bevölkert war, verlief mein Leben trist und monoton wie eine Schallplatte. Es kam auf mich zu, hatte alle Lichter ausgeschaltet und hätte mich fast geblendet. Dann verschwand es, indem es einen Baumstamm entlangkroch und nichts auf die Worte, die ich an es richtete, antwortete. Die Blätter hatten gerade das Verlöschen der Lichter eingeläutet, und ich sah mich vor der Unmöglichkeit, des leuchtenden Insekts habhaft zu werden. Aber die Schwalbe kam mir zu Hilfe. Ich liebe diese Vögel, denn sie sind die Freunde des

Selbstmords. Die Schwalbe, die mir helfen kam, war rot und hielt in ihrem Schnabel ein Geldstück. Ihre Augen waren von zwei kleinen Gaslaternen gebildet, die verängstigt aus der großen Stadt geflohen waren. Nachdem sie ihren Sou als Zeichen der Freundschaft in meine Hand gelegt hatte, weihte sie mich in die Wohltaten der Zivilisation ein. Ich hörte ihr nicht mehr zu, da ich durch eine eigenartige Musik, die vom Mittelpunkt der Erde kam, von ihren Ausführungen abgelenkt wurde. Dann sah ich, wie auf dem Weg ein imposanter Festzug voranschritt. Die Personen, die sich in ihm zusammenfanden, waren weiß gekleidet und trugen Hausdächer als Kopfbedekkung. Um ihren Mund zu verlassen benutzten die Wörter eine Strickleiter, die nicht aus einem Strick, sondern aus Regentropfen gemacht war, welche die Weiher mit dem Lasso eingefangen hatten. So erklärte sich alles und ich war darüber wirklich erleichtert. In dieser Nacht schlief ich also ruhig. Erst gegen X Uhr am Morgen zog mich ein unerklärliches Gewicht an den Beinen mit Pinzetten aus meiner Lethargie. Mit einem gewaltigen Fausthieb zerschmetterte ich eine Rosenknospe und es ward Licht. Einer meiner alten Freunde, dessen Namen ich vergessen habe, aber von dem ich weiß, daß er sehr mager war, verschwand durch die Gitterstäbe meines Eisenbettes. Auf der Höhe des Gesichtes blieben nur seine beiden gekrümmten Hände zurück, die noch nicht in Blumen verwandelt waren. Sein Kopf war jetzt an die gegenüberliegende Wand gelehnt und er glich mit seinen hervorspringenden Backenknochen und seinen tiefliegenden Augen dem meines Großvaters. Plötzlich kamen einige Totenköpfe, die sich von der Zimmerdecke gelöst hatten, heruntergesegelt und setzten sich vorsichtig auf den Nachttisch.

Der Boulevardgeist

An jenem Abend hatte ich mich mit jemandem verabredet. Ich sollte ihn an der Ecke zwischen dem Boulevard des Italiens und dem Boulevard Hausmann auf dem Metroplan sitzend erwarten. Er sollte mich an den beiden Revolvern erkennen, die ich in den Händen halten würde. Mit forschendem Blick starrte ich auf die Passanten. „Oh! Welch schöne Blumen!" rief ein blondes junges Mädchen. Und sie kaufte mir eine Pistole ab. Seit genau drei Jahren sitze ich nun auf dem Metroplan der Station Richelieu-Drouot. Meine Füße haben das Schutzglas zerbrochen und die Straßen von Paris beschädigt. In meinen verkrampften Händen halte ich immer noch die Revolverschäfte. Meine Fingernägel werden immer länger und durchbohren mir das Fleisch. Ich erwarte jemanden um Mitternacht. Er sollte kommen, eingehüllt in einen Wirbelsturm. Die grellen Lichter der Schaufenster blenden mich. Die bebenden Autobusse trommeln auf meinem ausgetrockneten Körper.

III. Surrealistische Gedichte

1936

Titelblatt der Originalausgabe der „Editions Surréalistes", Paris 1936.

NE PAS VOIR PLUS LOIN QUE LE BOUT DE SON SEXE

A Paulette

Comme la marque du bourreau
comme un accident de la route
votre image est collée
dans le fond de l'oubliette cerveau
mille et mille images l'image
de la femme immobile errante l'enfant de 18 mois
étreints par l'effroyable OUI qui coule de ta bouche
pour la beauté de ce buste rebelle
je ferai de toi un homme
prends ce revolver
ce chef-d'œuvre de mécanique
mes rêves de brutalité

Voyez
poliment mon sexe tel un chapeau se soulève
devant vous

Französisches Original von: „Nicht über die Spitze seines Gliedes hinaussehen" (1936).

NICHT ÜBER DIE SPITZE SEINES GLIEDES HINAUSSEHEN

Für Paulette

Wie das Zeichen des Henkers
wie ein Verkehrsunfall
ist Ihr Bild eingeprägt
in den Grund des Verlieses Gedächtnis
tausend und tausend Bilder das Bild
der irrenden unbeweglichen Frau das Kind
        von 18 Monaten
zerdrückt vom schrecklichen JA das aus deinem
        Mund kommt
um der Schönheit dieser rebellischen Brust willen
werde ich aus dir einen Mann machen
nimm diesen Revolver
dieses Meisterwerk der Mechanik
meine Träume von Brutalität

Sehen Sie
wie sich mein Glied höflich gleich einem Hut hebt
vor Ihnen

Ta nuque nocturne fait de chacun de nous
        un brouillard
les sourcils et les paupières de la femme
font croire à l'eau de mer
laisse-moi
cueillir sur vos lèvres cette bombe exquise
tes yeux dynamiteurs changent le monde
connaître la douceur extraordinaire de vous poudrer
dans un gouffre ravissant

Une belle poitrine attire
une belle poitrine retient
que de tendres soins elle réclame
de ma main brillante qui ne pique pas

Nul n'a passé les pointes de tes seins
sans peur ni sans malheur

Votre cou est violemment frappé d'amour
sur vos lèvres vivantes
la gamme des larmes noires des membres rend la vie
en cinq minutes
oui
vous serez surprise d'une balle
de la cuisse aux cheveux
de la jambe à l'orée d'un bois

Maigrir ou ne pas maigrir
vos jambes souples et soyeuses

Dein nächtlicher Nacken macht aus jedem von uns
einen Nebel
die Wimpern und Lider der Frau
erinnern an Meerwasser
lass mich
auf Ihren Lippen diese köstliche Bombe pflücken
deine Dynamitaugen ändern die Welt
die außerordentliche Süße erfahren Sie zu pulvern
in einem entzückenden Abgrund

Eine schöne Brust zieht an
eine schöne Brust hält fest
wieviel zärtliche Pflege sie verlangt
von meiner glänzenden Hand die nicht sticht

Niemand ist über deine Brustwarzen hinaus-
gekommen
ohne Angst und ohne Unglück

Ihr Hals wird gewaltig von Liebe durchzuckt
auf Ihren lebenden Lippen
gibt die Skala der schwarzen Tränen der Glieder
das Leben zurück
in fünf Minuten
ja
Sie werden von einer Kugel überrascht
vom Schenkel bis zu den Haaren
vom Bein bis zum Waldrand

Abnehmen oder nicht abnehmen
Ihre geschmeidigen und seidigen Beine

croisées à des hauteurs mortelles
tes bottes de velours
ah
le poète à ce moment pousse un cri
un grand cri déchirant humain
c'est un bateau naufragé
et lui gifle le visage le drapeau noir de détresse
le drapeau de la cécité
la culotte de soie vient de l'atteindre à la ligne
de flottaison

Il se retrouve dans une rue passante
dans la bouche une délicate odeur de peau
distribuant aux femmes
la table des matières de sa vie
la liste plus ou moins complète de ses crimes

Debout les jambes légèrement écartées
debout les mains aux hanches
accroupie
couchée sur le dos les jambes tendues et écartées
étendue sur le ventre
étendue sur le dos
les bras en arrière les cuisses sur le bassin

Il s'agit d'un suicide mutuellement accepté.

in tödlichen Höhen übereinandergeschlagen
deine Samtstiefel
ah
der Dichter stößt in diesem Augenblick einen
Schrei aus
einen schrillen herzzerreißenden menschlichen
Schrei
er ist ein gestrandetes Boot
und es ohrfeigt ihn die schwarze Flagge der
Verzweiflung
die Flagge der Blindheit
das Seidenhöschen hat ihn soeben an der Wasserlinie
getroffen

Er findet sich in einer vielbegangenen Straße wieder
im Mund ein köstlicher Duft von Haut
und dabei den Frauen auszuteilen
das Inhaltsverzeichnis seines Lebens
die mehr oder weniger vollständige Liste seiner
Verbrechen

Aufrecht die Beine leicht gespreizt
aufrecht die Hände auf die Hüften gestützt
zusammengekauert
auf dem Rücken liegend die Beine gestreckt und
gespreizt
ausgestreckt auf dem Bauch
ausgestreckt auf dem Rücken
die Arme nach hinten die Schenkel auf dem Becken

Es handelt sich um einen wechselseitig akzeptierten
Selbstmord.

VERHÖR

(Porträt von Madame X)[1]

Was ist Madame X?
Das ist die Hexe mit den gelben Zähnen.

Was ist der Wind in ihren Haaren?
Ich weiß nicht, was ich antworten soll.

Was ist die Liebe in ihren Pupillen?
Viel.

Was ist das Blut an ihren Ohren?
Es ist das Blut, das in der Gosse fließen wird.

Was ist die Scham auf ihrem Bauch?
Das ist die Sintflut.

Was ist die Revolution?
Lassen Sie mich nachdenken. Ich bin sicher,
daß sie Madame X ist.

Was ist die Hand von Madame X?
Das ist Madame X.

Was ist ein Labyrinth?
Das ist die Brust von Madame X.

Was ist der Turm zu Babel?
Das ist die vielgestaltige Schönheit von Madame X.

Was ist Madame X?
Das ist ein Abgrund.

Was ist Madame X?
Das ist die Königin des Waldes.

Was ist das Glück?
Das ist Madame X, die stirbt.

Was ist ein Auge?
Das ist die tote Madame X.

Was ist ein Seidenkleid, ein seidenes Abendkleid?
Das ist die Unsterblichkeit von Madame X.

Was ist eine Zigarette?
Das ist die Liebe von Madame X.

Was ist gegenseitige Liebe?
Das ist, oder besser, das ist nicht Madame X.

Wer ist Madame X?
Die Liebe auf kleiner Flamme.

Nun sagen Sie mir doch, wer ist Madame X?
Der Tod auf kleiner Flamme.

Was ist die Kirche?
Das ist das Lachen von Madame X, die verstört,
mit zerrissenem Kleid, in ihrer Hand eine
Damenreitpeitsche hält.

Wer ist Madame X?
Der Selbstmord.

Was ist die Hand von Madame X?
Das ist Madame X.

Ihr Korsett?
Das ist das Ganze.

Was ist die Einsamkeit?
Das Geschlecht von Madame X.

Was ist die Reue?
Der Nabel von Madame X.

Was ist die sinnliche Lust?
Die schwarzen, neuen und riesengroßen Schuhe von
Madame X.

Was sind die Ohren von Madame X?
Die Musen des Dichters.

Was ist die Einsamkeit?
Sprechen Sie nicht mehr über Madame X mit mir.

Was ist die Reue?
Ich bin der Einzige, der es weiß.

Was kann die Liebe von Madame X sein?
Zugleich ein Traum und die Wirklichkeit.

Wer ist der Geliebte von Madame X?
Die Gefahr.

Wer ist Madame X?
Das Haar. Ein Skalp.

Was ist Madame X, nackt?
Das ist Madame X, tot.

Was ist die Vagina von Madame X?
Eine einfache, aber gefährliche Sache.

Ihre Klitoris?
Ihr Mund.

Was sind die Brüste von Madame X?
Der Gegenstand meiner Liebe.

Wer ist diese Frau?
Madame X.

Zum letzten Mal, wer ist Madame X?
Eine Frau aus der anderen Welt.

Was ist die Träumerei?
Lassen Sie uns nicht mehr von Madame X reden.

Was ist eine Streichholzschachtel?
Der rosarote und zierliche Schuh von Madame X.

Wer ist Madame X?
Der Vamperialismus.

Was ist ein Gefangener?
Der brennende und leuchtende Strumpfhalter von
Madame X.

Was ist die Eifersucht?
Das ist Madame X, nackt, inmitten des Sturmes.

Wer sehnt sich danach, Madame X besser zu kennen?
Ich, der Mann in Trauer.

1938

NACHRICHTEN²

Die Dichtung
ging heimlich an Bord
auf der 5. Seite
während eines Nachtfluges.

Gedichte aus Zeitungscollagen waren eine von André Breton ausdrücklich gebilligte literarische Form.

Ein Auflachen

von Saphir auf der Insel Ceylon

Das schönste Stroh

HAT WELKE HAUT

WOHL VERRIEGELT

In einsamem Bauernhaus

VON TAG ZU TAG

wird's schlimmer mit

dem Angenehmen

Eine befahrbare Straße

führt Sie an den Rand des Unbekannten

Das Café

predigt für seinen Heiligen

DEN TÄGLICHEN HANDWERKER IHRER SCHÖNHEIT

MADAME,

ein Paar

Seidenstrümpfe

ist kein

Sprung ins Leere

EIN HIRSCH

Zuerst die Liebe

Alles könnte in Ordnung kommen

PARIS IST EIN GROSSES DORF

Überwachen Sie

Das glimmende Feuer

DAS GEBET

Für Schön-Wetter

Bedenken Sie

Die ultravioletten Strahlen

haben ihre Aufgabe beendet

Kurz und gut

DIE ERSTE WEISSE ZEITUNG

DES ZUFALLS

Wird das Rot sein

Der irrende Sänger

WO IST ER?

in der Erinnerung

in seinem Hause

BEIM BALL DER EINSAMEN HERZEN

Ich tu

beim Tanzen

Was man getan hat, was man tun wird

aus: André Breton: Die Manifeste des Surrealismus (übersetzt von Ruth Henry) Hamburg 1968, Rowohlt-Verlag.

1939

... BRÜLL DAS LEBEN AN

„Dieses Gedicht, dessen Veröffentlichung zu Beginn des Jahres 1940 zwingende Gründe vorausgegangen sind, bietet das äußerlich gesehen ungeordnete Schauspiel der fiebrigen Hand des Dichters, der hellsichtigen Hand, der zarten Hand, der zitternden Hand, die unentschlossen vom Abzug der Mauser zum Strick des Gehenkten hastet.

Wenn dieser gezogen wird, klingt er weit in der Tiefe des Spiegels und das Rauschen der aufgewühlten Blätter verkündet, daß jemand aus dem einsamen Haus kommt.

In alle Richtungen, von draußen und drinnen, öffnet sich der schwere Fensterflügel aus Holz, Eisen und Fleisch. Dann können weder das Feuer des Himmels noch das Blut der Erde in ihrem gigantischen Niederschlag dieses Bild auslöschen, welches „das Leben anbrüllt“: Eine Frau, deren Augen in die Weite gerichtet, verloren und wiedergefunden sind, deren Brüste unter der Seide spannen, fährt sich mit ihren frischen Händen durch die schweren Haare.“

(*Waschzettel*, 1940)[3]

„– Ist Dir kalt?
– Nein, ich fiel.“

(*Das goldene Zeitalter*)

Dessin d'André MASSON

Beispiel einer surrealistischen Gemeinschaftsarbeit: Der Maler André Masson illustrierte die im Jahre 1939 erschienene Ausgabe von „Brüll das Leben an".

I

Am Kreuzpunkt der Geschlechter
mein heftigstes Begehren

Seine Zeit vorwegnehmen und verstecken
hinter dem falschen Ausdruck ruhiger Gutmütigkeit
du sorgst für
das Schauspiel der natürlichen Schönheiten wenn ich
 es dir sage

Hübsche Dame niemals untreu
die vollkommenen Liebhaber sind da
mich in aller Eile zu ersetzen
meine Situation gefiel ihnen
Unglück so unglücklich
es schmerzt zu sehr
freundschaftliche Schläge auf den Kopf der
 Schlangen zu geben
dich ganz zu umarmen
der Berg ist einfacher
ich warte auf dich

Bronzefarbener Kopf sorgenvoller Kopf
es scheint mir als sei ich aus ihm nicht herausgelangt
 und dennoch
jeden Tag eure beiden Brüste fassen
und dir den neuerlichen Tod eines Wesens beibringen
das mir teuer ist
für die Passanten sind wir
der Teil jenes Märchens mit Gespenstern

die Hälfte eines Schicksals
das Ticken einer Standuhr

Roter Kopf mit den hellen Augen
großer Silbenvulkan
Majestät neigt Euch
zu der lebenden Steife
im Flur einer Spelunke

DU
läßt der Phantasie freien Lauf.

II

Die Aufrichtigkeit verläßt mich nicht
sie hebt und senkt sich wieder ohne je die Umarmung
        zu lockern
wie ein Zement
dessen Aufgabe es wäre
tief in meinen inneren Park einzudringen
sie hebt und senkt sich wieder
blonder Kopf des Brotes
grüner Kopf des Baches
roter Kopf der Glut
brauner Kopf der Sierras
aufgewühlt von einem geistigen Sturm

Blutiger Kopf mit dem Leben es gibt
nunmehr gute Aussichten daß ich der Windbö erliege
mit dem Kopf voran gegen den Viadukt von Auteuil
        schlagend

Der Viadukt von Auteuil
bebt unter meiner Liebkosung

Gegenwind Rückenwind ruhiger Wind
Wind über euch Mädchen der Vorstädte

Wie sehr ich euch liebe
ihr hellhäutigen Heranwachsenden aus den Vororten
          mit den autoritären Brüsten
kurze Röcke im Spiel meines Scheiterns
Hemd des Steppenläufers

Ratsch
das Verlangen zu brüllen wie man weint
bei der Erinnerung an die schweren Platanen von Aix
die engen Gassen von Grasse wie Totenlöcher
ratsch
und meine Gedanken beim Morgengrauen
endlos wie der Blitz

Mein mühsames Erwachen ohne Blume ohne Sonne
während im Wind das Laken der Angst flattert
die weiße Fahne
die Hände bedeckt von Küssen die Spur der
          Handschellen
zu jeder Stunde meine Gedanken des Morgengrauens
meine Träume als Enthaupteter
meine Träume der dämmrigen Morgenröte.

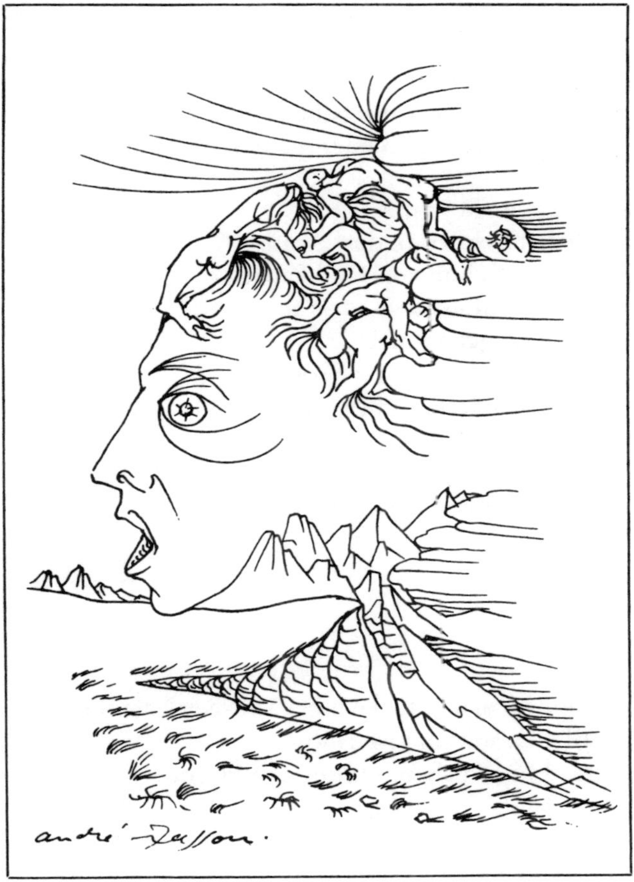
andré Masson

Der Himmel liegt schwerer und schwerer im
niederen Herzen
immer niederer am Boden an der Leine
wie ein Dackelherz das bellt
schweres Herz und nieder mein Schneehimmel

Schnee Schnee Schnee
bläulicher Schnee an der „Voulzie“
Schnee am Schuh von Gail Patrick
Schnee der Mauser
geschmolzener Schnee
im schwarzen Kleid der Tropen
wirst du wiederkommen
schöner als alle Tänzerinnen
Schnee der das Herz auf Halbmast setzt
schöner Schnee der Almanache.

III

Meine Almanachblöcke mein schöner Kalender
aus Blei Granit und Marmor
an den Hügel gehängt unter den Himmel meiner
fünfzehn Jahre

Am Becken ein schwerer Gürtel
an meinen Flanken befestigt wie an der Flanke des
Hügels
unter dem vom Spiegel
der Schienen durchquerten Himmel

1940

TRADE MARK

Im Innern jedes Artikels
das Firmenschild der Lippen
ein Hauch
zart fast unsichtbar

Deine Brust
verdankt ihren weltweiten Erfolg ihrer köstlichen
Frische
ihrer raffinierten Eleganz

Aus einem Nichts an Wäsche geschaffen
ohne jeden Zwang
sichtbarer unter den feinen Blusen
und den leichten Kleidern
hebt sie die Verzauberung der entzückenden Stoffe.

1941

DIE KATZE

Sei es am Tag

Liebenswürdiges Raubtier
nicht Wachhund
es hat das Beste von uns selbst
ihm geben wir unsere Sprache
während unsere Feinde nicht einmal
den Hunden vorgeworfen werden

Zickzack-Tier
deine Liebkosung
erzeugt Licht
harmonisiert mit dem Gefühl

Im Augenblick des Todes
kommst du
einen üppigen Pelz um meinen Hals bilden
Element warmer Eleganz
als ob ich schlafen würde

Du seufzt wie
die Rundung einer Sanduhr

Sei es am Abend.

LE CHAT

Que ce soit le jour

Félin aimable
pas chien de garde
il a le meilleur de nous-même
c'est à lui que l'on donne sa langue
alors que nos ennemis
ne sont pas à donner aux chiens

Animal zig-zag
ta caresse
produit la lumière
convient au sentiment

Au moment de la mort
viens-tu
faire autour de mon cou une riche fourrure
élément de chaude élégance
comme si je dormais

Tu soupires comme
les courbes d'un sablier

Que ce soit le soir.

OPER

Der Klimawechsel
wird wegen Mordes gesucht
er breitet sich aus
in gewisser Weise unter dem Finger
und gestattet
den freien Gebrauch eurer Körper.

DEKOLLETÉ

Die Bluse offen bis zum Gürtel
mit Wildheit
ein V ein Eckchen Haut
die Brüste liegenlassen
diesseits und jenseits dieser Straße
wo das Brot der Männer wächst.

1942

ES KÜMMERT SIE WENIG

Wie das Ei zu existieren einmal
sich wie ein Seiltänzer auszuruhen zweimal
springen springen springen dreimal

Wenn Sie nicht wollen versuchen Sie mich
wenn Sie begehren nehmen Sie mich
wenn Sie suchen adoptieren sie mich

Lassen Sie nicht
bei allen guten Frisören
die Kinder mit dem Türschloß spielen.

KARYATIDE DES AUGENSCHEINS

Mit geschlossenen Augen
schillert das Universum phosphorfarben

Hier ist der Freibeuter der Erinnerung
an Bord der Gallione Kleinmädchenherz
gewappnet mit einem feuerfesten Schleier

oh Lippen ohne Gegenstück
oh Leere des endlosen Raumes.

WUNSCH

Auf dem Wasser aus Gold
auf dem Gras aus Kohle
auf dem Feuer aus Ton
auf der Luft aus Glimmer
auf der Erde aus Verbrennung

Laß uns lieben.

SOUHAIT

Sur l'eau d'or
sur l'herbe de charbon
sur le feu d'argile
sur l'air de mica
sur la terre de brûlure

Aimons.

OHNE TITEL

Genaue behutsame Heldin des geistigen Winters
hatte sie den Hort ihrer Augen geöffnet
dem endlosen menschlichen Elend
auf diesen strahlenden Seen
trugen aus das Für und das Wider ihre Seeschlacht
geheimnisvoll
manövrierten dort Schwäne und Zeichen

Morgendlicher Duft von Brot auf den Wegen
das Korn haucht den letzten Seufzer
auf den sonnigen Lippen
Zähne mit Fliedergeschmack

Blumengleiche Erscheinung
sie prallt auf das Licht
sie hat das
Letzte Wort
jener fliegende schwarze Vogel
und der erschöpfte Himmel läßt das Gewitter los.

1943

LACENAIRES BRUDER[4]

Dem Andenken von Maurice Heine

Pack den Verdruß mit beiden Händen mit festen
Stößen wie man liebt
wie eine große Niedertracht pack den Verdruß
pack den Verdruß ganz alleine pack den Verdruß mit
deiner Hand
an der Gurgel
präge den Nacken des Verdrusses pack den Verdruß
mit beiden Händen
als ob du dir ein Herz faßtest nimm den Verdruß in
deine sanften Hände
dann fällt der Schnee wie die Sonne auf die Voulzie
die umgeben ist von Rosen und Bäumen
wie ein wahrer moralischer Frühling
in dessen Mitte
du schläfst
großer brauner Fetischist mit unergründlichen
Augen
du erwachst
um den Feuilletonroman in der Wirklichkeit
aus Fleisch und Blut anzusiedeln

Pack den Teufelskreis eines Lenkrades
die gerade monotone Linie der Kilometer
das immer gleiche Geräusch der Schüsse
die erbitternde Ähnlichkeit der Morde
sterben ist nicht leben

und dennoch
der Verdruß

Komm aus dem Wald um das Almosen zu empfangen
das Spiel des Lichts das von unten auf deine hohe
        Stirn fällt
die offenliegt wie eine Goldader

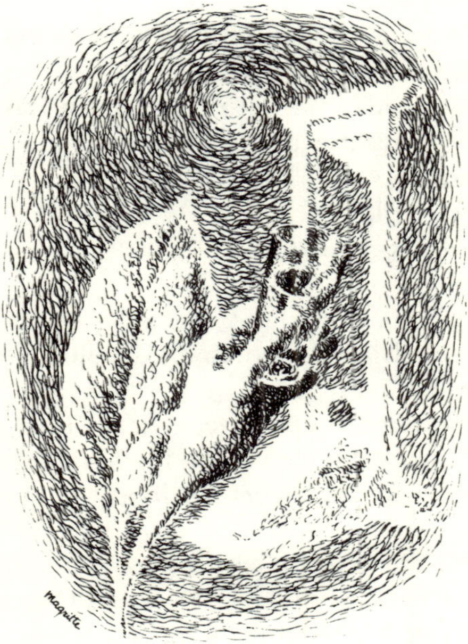

Illustration von René Magritte zu „Lacenaires Bruder".

Durch diese gestaltlose Welt die erwacht
sich seufzend und stumpf von deinen Füßen losreißt
gehst du
großer brauner Fetischist aus dem Osten
die Beine von Seide eng umschlossen
zu deinem Schicksal aus Düften von Zypern aus dem
        Geschmack von verbranntem Holz
zu den Nutten mit Schläfen von Kristall
dein Herz ins düstere Gestirn einschreiben
lauschen
das Ohr im Wind
dem liebkosenden Gemurmel des Blutes des Blutes
        das fließt
dem liebkosenden Gemurmel des Blutes das
        hinunterkriecht
im Rücken
ermüdendes Blut
und den Tod bringen

Zähle die Kilometer der Straße
mit den gefährlichen Kehren die du allein kennst
du allein
selbst zu zweit bist du immer ganz alleine
Aufständischer mit dem Kopf des Wasserkäfers
gezeichnet von dem Siegel Bertillons

In deinem Wesen ist es licht wie am hellen Tag
in deinem Blick *tanzt* die Flamme des Dezember
und nicht ein Weihnachten wird vorübergehen
ohne daß die Menschen die dich wiedererkannt
        haben werden

Illustration von René Magritte von „Lacenaires Bruder“.

dir zu Ehren
am Fuß der großen Fabrikschornsteine
die hochhackigen Schuhe der Geliebten aufstellen
oh Wirklichkeit der Wolken

Klare tiefe Augen dargeboten als Fleisch auf dem
        Ladentisch
frische Stimme beschmutzt von der Versailler
        Morgendämmerung
mit Seide gefesselte Knöchel
ein Morgen kam
an dem du den Hunden erschienest
wie eine große wärmende Sonne
und immer noch alleine
wie eine verheerende Flamme.

„Ein unbekannter und untypischer Salvador Dali. Auch ihn reizte die Illustration von Malets Gedicht „Lacenaires Bruder“. Photo: Bibliothèque Nationale, Réserve, Paris.“

GEFLÜSTERT

Wie das Meer
oh Mittelmeer dein Durst
das dichte Haar schwer von Zyklonen
wieviele Geliebte sind dorthin gegangen
zu trinken die Gischt des Freitods

Wie der Wind
Eier des Begehrens und der Zärtlichkeiten
die das Segel der Bluse blähen
mein Schoner laß uns die Anker lichten

Wie der Regen
fällt unser beider gestillte Lust
in kleinen Tropfen aus Leben.

WEITE DUNKLE NACHT

Für Lila

Weite dunkle Nacht
wir beurteilen dich nach der Farbe unserer Hände
dich zu bekämpfen
schwärzt man sich das Herz

Der sichtbare Masturbator, ein Falschmünzer,
hat die Hand vom Arm getrennt
die Nägel schwer vom Leben des Sarges

Sie fällt selbstsicher
am Berührungspunkt der beiden Oberkieferhälften
an der Vavin-Kreuzung wo
der Kopf der Gorgo
wie ein Lebensflecken wirkte

Eine Spule bebilderte sie wie
beim Stillgestanden
die Fingerspitzen auf dem Oberschenkelknochen
murmelt der Unteroffizier Bertrand
Weit und dunkel.

MACHT

Freue dich freue dich
die Feuchtigkeit bricht ein
das Glockenspiel der Bettelsack und das Schwert
werden vor Schimmel vergehen

Kenntnis in Liebesdingen
zusammengestoppelt beim Trödel der Märchenmoral
zwingt eine Richtlinie auf

Sorgfältig vernagelte Särge werden unsere Sockel sein

Zerstörer eines kommenden Zeitalters
werden wir als perfekte Pflanzen erscheinen
mit unseren Blütenkelchen aus Duraluminium
Knospen moderner Mandarine.

DIE ULME VON CLEMMER

Für Consuelo de Saint-Exupéry
„... aber schöner ist es, die
Ruinen der Menschen zu betrachten.“
Lautréamont

Großer Wolfskopf
um die himmlische Spinne zu jagen
unzerstörbarer dem Wind trotzender Staub
die Ulme von Clemmer

Häßlicher Baum
aber mit klangvollem Namen
wie das Klappern von Absätzen auf blutiger Straße

Am Fuße der Ulme von Clemmer
die bläulichen Haare der Indianerin

Zwei Schritte weiter
hat sich das große Kreuz des Grabsteines
mit dem Hals in der
rostigen Kette verfangen

Drei Schritte weiter
das emaillierte sepiafarbene Lächeln eines Mädchens
dem harten Wind voll ausgesetzt
in seinem sechzehnten Jahr

Die Ulme von Clemmer

An der Frühlingsseite hängen
eure Anmut euer Gesicht
eure Körper
sind gänzlich verschwunden
hier ist endlich der schöne Traum
der eure Nacht zu einer einzigen Freude machen wird

Im Bauch der Ulme von Clemmer

An den Brüsten der Ulme von Clemmer
entmutigt mich alles, was mich zugleich tröstet
schlechter Schütze

Es bleibt
oh Mädchennamen mein großer mein einziger Schatz
das Haupt der Ulme von Clemmer
der Sommer der Schweiß der Mädchen.

NOTTURNO

Der große wüstenhafte Park enthüllt seine Blitzader
für dich
Besucher am Ende der Tage
aus mannbaren Landen stammend
das Eisen der Hacken wird explodieren

Der Baum streckt sich auf deinem Körper aus
wie ein Schlaf
du träumst
daß du der Wind bist.

DIE LIEBE

Unterirdische Arbeit der Skelette
lakrizfarbener Gedanke
du schläfst in der Wiege aus Koalin
du löschst dir den Durst am zentralen Feuer
du bist das Sperma des Blattes.

1944

BLÖD UND ZUM KOTZEN

Es ist Krieg es gibt keinen Mittelweg es muß
eine Tür entweder wie eine Wunde
offen sein
oder wie ein freier Mund
geschlossen

Derjenige der den Stuhl unterm Hintern
den Repetierstift in den Fingern
die anderen zum Menschenschießen einlädt
ohne selbst gucken zu gehen
der ist zum Kotzen
aber der der
an das Vaterland glaubend
an die Front stürzt
welch ein Blödmann

Natürlich scheint es
um dieser auf den ersten Blick
oberflächlichen Klassifikation zu entgehen
auszureichen gegen den Scheißkrieg zu sein
Irrtum
wenn man dagegen ist und schweigt
ist man zum Kotzen
und wenn man dagegen ist

CONS ET DÉGUEULASSES

C'est la guerre il n'y a pas de milieu il faut
qu'une porte soit comme une plaie
ouverte
ou une gueule libre
fermée

Celui qui la chaise au cul
le stylo à répétition aux doigts
convie les autres au tir-aux-hommes
sans y aller voir par lui-même
celui-là est un dégueulasse
mais çuiky
croyant à la patrie
se précipite au front
quel con

Evidemment il semble que
pour échapper à cette classification
de prime abord sommaire
il suffit d'être contre la vacherie de guerre
erreur
si on est contre et qu'on se taise
on est un dégueulasse
et si on est contre

Französisches Original von: „Blöd und zum Kotzen" (1944).

und es sagt schreibt brüllt
ist man sicherlich
angesichts des geringen Interesses der berüchtigten
Masse
aus der man Massagen, Massive und Massaker macht
ein schöner Blödmann

Reizende Zeit
wo einem bloß die Wahl bleibt
im dunklen Geschäft des moralischen Verhaltens
zwischen verschieden duftenden Exkrementen.

et qu'on le dise l'écrive le hurle
on est très sûrement
étant donné le peu d'intérêt qu'offre la fameuse masse
dont on fait les massés, les massifs et les massues
un beau con

Charmante époque
où l'on n'a le choix
dans l'obscur magasin du comportement moral
qu'entre des étrons aux différents fumets.

1983

DREIZEHN VERSTREUTE ROSEN

Für Christiane

„Eine Frau trat ein auf dem Weg der Sonne“
Tristan Tzara

Mädchen das mir einst
von den Zigeunern geraubt wurde
du bist zurückgekommen atemberaubend geraubt
dem Zigeuner
das ist schön
liebe
diese erste Rose

Mädchen im Regenmantel
lachend
lachend gebieterisch
die hohen Hacken deiner Schuhe
sind Zauberstäbe
deine hoch übereinandergeschlagenen Beine
in einer Gischt von Nylon
stellen das X der Verhöre dar

Ich trage mein Herz an der Halskette
wie ein anderer den Schlüssel zum Geheimnis

TREIZE ROSES ÉPARPILLÉES

A Christiane

„*Une femme entra par la voie du soleil*“
Tristan Tzara

Fillette qui me fus jadis
ravie par des bohémiens
tu es revenue ravie ravissante au bohème
c'est beau
aime
cette première rose

Fille à l'imper
rieuse
rieuse impérieuse
les hauts talons de tes chaussures
sont des baguettes magiques
tes jambes croisées haut
dans une écume de nylon
posent l'X des interrogations

Je porte mon cœur en sautoir
comme l'autre la Clé de l'Enigme

Ein Bettler mit freigiebigen Händen
suche ich Tag und Nacht die Friedhöfe heim
welche nach Mimosen und Jasmin duften
während Fred Astaire Carioca singt

Man braucht kein Stethoskop
um den betäubenden Lärm
der Brandung zu hören

So ist die zweite Rose

Es ist die Nacht es ist der Tag
es ist weder das eine noch das andere
der Mond blendet wie eine Sonne
und die Sonne streut sich in fahle Fetzen aus

So ist
schillernd
die dritte Rose

Der Kerker unter freiem Himmel geht in einem
        Irrgarten unter
der Schrott versieht den verdunkelten Gedanken
        mit Streifen
ich warte noch immer
beschränkt
mit nichts in meinen
der Zigeunerin ausgelieferten Händen
als dem negativen Zeichen der verflossenen Jahre
der verschossenen

Mendiant aux mains généreuses
jour et nuit je hante les cimetières
aux senteurs de mimosas et de jasmin
cependant que Fred Astaire chante Carioca

Nul besoin de stéthoscope
pour entendre le bruit
assourdissant du ressac

Telle est la deuxième rose

C'est la nuit c'est le jour
ce n'est ni l'un ni l'autre
la lune aveugle comme un soleil
et le soleil se répand en fragments blafards

Telle est
irisée
la troisième rose

Le cachot en plein air sombre dans un dédale
la mitraille zèbre la pensée obscurcie
j'attends toujours
réduit
n'ayant entre mes mains
livrées à la gitane
que le signe négatif des années écoulées
écroulées

So ist die vierte Rose

Priesterin mit der Stirn aus Amethyst
welche die malvenfarbigen Blitze
des leibhaftigen Gewitters widerspiegelt
ich lege nieder unten an deinen Seidenstrümpfen
oben an deinen Seidenstrümpfen
die fünfte Rose

Ich treffe dich erst in der Abenddämmerung
Abenddämmerung auch ich
und in dir sehe ich mich
dieser Spiegel ist ein See bevölkert von Träumen
und Geistern die mein Bett im Sturm nehmen

So ist die sechste Rose

Mit dem Kopf zuerst auf der Landschaft
sich das Gesicht an der Seidenwäsche zerdrücken
und dort die Spur zurücklassen die in der Nacht
glänzt
meine Führerin auf verschlungenen Pfaden
auf Pfaden aus zerschnürenden Bändern
Bändern, die man um den Hals ländlicher Nagetiere
findet
aus Seufzern von Mimosen

Ich halte dir die siebte Rose hin
jene vom siebten Siegel

Telle est la quatrième rose

Prêtresse au front d'améthyste
reflétant les éclairs mauves de l'orage incarné
je dépose au bas de tes bas
au haut de tes bas
la cinquième rose

Je ne te rencontre qu'au crépuscule
crépuscule moi-même
et en toi je me vois
ce miroir est un lac peuplé de rêves
et de larves qui montent à l'assaut de mon lit

Telle est la sixième rose

La tête la première sur le paysage
s'écraser le visage contre la lingerie de soie
et y laisser l'empreinte qui brille dans la nuit
ma conductrice des chemins tortueux
des chemins en lacets d'étrangleur
des lacets qu'on trouve au cou des rongeurs
champêtres
en soupirs de mimosas

Je te tends la septième rose
celle du 7ème sceau

Königin der Brände die du legst
Majestät der Brände
der Raum zwischen deinen beiden Brüsten
ist der Abgrund wo ich untergehe
ich drücke mein welkes Gesicht
zwischen diese beiden Spitzbuben
zitternd vor ungestilltem Verlangen

Das ist ein anderer Gesichtspunkt der siebten Rose

Als Emanation
wolke ich blitzgeladen

In der Straße der tausend Feuer
schleppe ich mich dahin, ein Clochard
der kein Licht zurückwirft
ich bin langsam und matt
ich bin Beleuchtung
meiner eigenen Zerstörung

Ich schenke mir spöttisch die achte Rose

Schöne Exorzistin erhebe dich
in deiner prachtvollen Nacktheit
knebel mich mit deinen Beinen
laß mich meinen Durst stillen
an der Quelle des Lebens
im tiefen Wald

Reine des incendies que tu allumes
Majesté des incendies
l'espace entre tes deux seins
est l'abîme où je sombre
j'imprime mon visage flétri
entre les deux larrons
palpitant d'un désir inassouvi

C'est un autre aspect de la septième rose

Ectoplasme
je nuage chargé de foudre

Dans la rue des mille feux
je me traîne clochard
ne reflétant aucune lumière
je suis lent et terne
je suis lanterne
sur ma propre démolition

Je m'offre dérisoire la huitième rose

Belle exorciste lève-toi
dans ta superbe nudité
baillonne-moi avec tes jambes
laisse-moi m'abreuver
à la source de vie
dans la forêt profonde

Der Mann mit gebrochenem Mast
im blonden Sturm
den Mund voller Algen
auf den Lippen den Geschmack der Lügen
herbeigetragen von anderen Lippen
zwischen denen die neunte Rose erblüht

Am Fuß der Statue
von der man nicht weiß ob sie tot oder lebendig ist
der Abflug mit bewaffneter Hand

Und die zehnte Rose wie ein Dolch
zwischen den Brüsten der Gallionsfigur

Herrin mit der Sense
mit deinem schwarzen Büstenhalter
deinem Begräbnisstrumpfhalter
und deinen straffgezogenen Strümpfen
ich fühle, daß ich
mit dir kopulieren muß

Leg auf das Bett des Prostibüls
die elfte Rose

Ich bin der Schiffbrüchige der nur dich als
Leuchtturm hat
warum also heißt dieser feste Punkt
an der Küste „bitter“

L'homme démâté
dans la tempête blonde
bouche pleine d'algues
aux lèvres le goût des mensonges
portés par d'autres lèvres
entre lesquelles fleurit la neuvième rose

Au pied de la statue
dont on ne sait si elle est morte ou vive
l'envol à main armée

Et la dixième rose comme un poignard
entre les seins de la figure de proue

Dame à la faulx
avec ton soutien-gorge noir
ton funèbre porte-jarretelles
et tes bas bien tirés
je sens qu'il me faudra
m'accoupler avec toi

Dépose sur le lit du prostibule
la onzième rose

Je suis le naufragé qui n'a que toi pour phare
pourquoi donc ce point fixe sur la côte
s'appelle-t-il «amer»

Er sollte süß sein
wie die zwölfte Rose

Die dreizehnte Rose ist zerquetscht
man hat ihr ein Schandmal eingeprägt
es ist die Rose des Schandmals
mysteriöse Gesellschaft der unendlichen und
geheimen Qualen

13. März 1983

Il devrait être doux
comme la rose douze

La treizième rose est meurtrie
on lui a fait la croix des vaches
c'est la rose-croix des vaches
mystérieuse société des tourments infinis et secrets

13 mars 1983

Anmerkungen

1. Surrealistischer Dialog, der mit Hilfe des bekannten Zettelspiels zustande kam. Durchgeführt im Juni 1936 bei der „France Mutualiste". Teilnehmer: Léo Malet, Georges Hugnet, L. E., Madame L., und vier andere Angestellte, männliche und weibliche, deren Namen in Vergessenheit geraten sind. Ein Teilnehmer führte als erster die mysteriöse Madame X. ins „Gespräch" ein. Diese Anwesenheit gab dem Spiel zusätzliche Würze, seine Kollegen mischten ihrerseits ebenfalls Madame X. unter ihre Fragen und Antworten. Das Portrait von Madame X., wie es sich durch diesen Dialog herauskristallisiert, ist eine kollektive, also universelle Schöpfung, und der Teilnehmer, der zuerst von Madame X. gesprochen hatte, empfing nicht ohne Rührung die Reaktionen, welche mit seinen Versuchen in Einklang standen. (L. M.)

2. Aus Fragmenten von Zeitungsschlagzeilen zusammengefügt. (L. M.)

3. Auf der Rückseite der Originalausgabe dieses Gedichtes findet sich in Form eines vertikalen Streifens der folgende Text, welcher sich unendliche Male wiederholt.

DIE BLUTENDE DICHTUNG DIE GA-
RE DICHTUNG DIE DURCHGE-
KOCHTE DICHTUNG DIE BLAUE
DICHTUNG DIE LIEBE ALLER FAR-
BEN DIE NACHT BRICHT ZUSAM-
MEN AM VIADUKT VON AUTEUIL
DER TAG GEHT AUF ÜBER DENFERT-
ROCHEREAU DAS GRAUE HERZ DER
FRIEDHOF VON ESBLY DAS SPIEL-
TERRAIN DER LEBENDEN GESPEN-
STER DER MANN AUS DER BAR DU
SUD DER DRITTE FEBRUAR DIE
ORDNUNG UND DIE UNORDNUNG
DER GEFÜHLE DER MUND VOLL
VERDRUSS DIE BLUTENDE DICH-
TUNG DIE GARE DICHTUNG DIE
DURCHGEKOCHTE DICHTUNG DIE
BLAUE DICHTUNG DIE LIEBE

Lacenaire – Die Lithographie ist der Ausgabe seiner Memoiren (Paris 1836) vorangestellt.

4. Pierre François Lacenaire, der im Jahre 1836 hingerichtet wurde, erregte durch den in seinen Memoiren veröffentlichten Bericht seiner grausamen und geldgierigen Morde Interesse und Anteilnahme vor allem des mondänen Paris. Er schildert sich als empfindsamen und sensiblen Menschen, der durch die erfahrene gesellschaftliche Mißachtung auf Abwege geriet. Vor seiner Hinrichtung hielt er in seiner Zelle gewissermaßen Hof und ließ sich von der sensationsgierigen Schickeria des damaligen Paris bestaunen. Die Authentizität der Memoiren ist umstritten. (R. J.)

Die beiden Zeichnungen von René Magritte wurden im Jahre 1945 für eine Luxusausgabe von „Lacenaires Bruder" speziell angefertigt, aber die Ausgabe konnte aus finanziellen Gründen nie veröffentlicht werden. (L. M.)

Literaturnachweis

Léo Malet: *Hurle à la vie*. Dessins d'André Masson. Paris 1939. Editions surréalistes.

Léo Malet: *Le frère de Lacenaire*. Dessin de Salvador Dali. Paris 1943. (J. Simonpoli)

Léo Malet: *Poèmes surréalistes*. (1930 – 1945) Précéd. d'un dossier. Lausanne 1975. Eibel-Verlag.

Léo Malet: *Poèmes surréalistes*. Avec deux dessins de René Magritte. Paris 1983. La Butte-aux-Cailles Verlag. Erweiterte Ausgabe.

Les cahiers du silence: *Léo Malet*. Hg. v. Daniel Mallerin, o.O. La Marge-Kesselring Verlag 1974.

Enigmatika No. 18: *Léo Malet*. Hg. v. Jean-Claude Muet, Paris, La Butte-aux-Cailles Verlag 1982.

Die beiden letztgenannten Werke enthalten eine ausführliche Bibliographie.

Der Abdruck des kurzen Textauszugs aus der deutschen Übersetzung von Bretons Manifesten des Surrealismus erfolgte mit freundlicher Genehmigung des Rowohlt-Verlags.